安靜。肥滿

盧慧心

人生要負責

紀大偉

《安靜．肥滿》是青年作家盧慧心的第一本短篇小說集。《安靜．肥滿》致力於境界，而不是敘事；這裡的境界是廣義的，有高有低，有雅有俗，包括角色之內的心景，也包括角色之外的景物。換句話說，這本小說集並不急於說故事（也就是敘事），而更耐煩地敘說人心內外的風吹草動。

我肯定這本小說的取捨，因為台灣藝文界長期過於偏袒敘事。「好書就是要說出好聽的故事」、「好電影就是要會說故事」、「好的文學就是要說出動人的故事」、「好的小說就是要說出讓人難忘的故事」，這一連串口號簡直在命令大眾一看到敘事就要立正站好。

敘事／說故事當然不是好電影和好書的全部，不然侯孝賢王家衛以及無數詩人早就可以洗洗睡了。這些不一定說故事的藝術工作者提醒我們：許多藝術形式也在描繪人心內外的色澤、溫度、韻律、節奏，而這些跟說故事無關的慢工細活也可以讓人心神動搖。小說往往被等同為敘事的藝術，可是許多國內外小說最讓人依依不捨的地方並不在於緊湊的情節（這是敘事的絕招之一）、離奇的結局（這是敘事的另一絕招），而在於讓人聯想詩的畫面。在過於迷信敘事的此時此刻，掙脫敘事的枷鎖反而可以讓許多藝文工作者突破瓶頸。《安靜．肥滿》讓我覺得清新可喜，原因之一就是它不執著敘事。

《安靜．肥滿》讓我看到的境界，正如書名揭示，就是安靜肥滿。還沒有看過這本書的讀者可能以為這種境界就好像是坐在京都祕巷的茶室賞菊花一樣：茶室安靜，菊花肥滿，天地靜好。但是看過書的讀者會發現，「安靜．肥滿」這四個字恐怕更貼切形容〈安靜．肥滿〉這篇小說中的人物：她懶得開口跟別人應答，所以安靜；她懶得塑造讓別人覺得賞心悅目的體態，所以身材肥滿。但我要說，「安靜．肥滿」四字當然可以用來形容這個涉嫌邋遢的女子，但也同時形容了她所處的境界：在這個看似講究速度追究責任的社會，她跟社會形成反比，從容自在，持盈保泰，疾風知勁草。

《安靜．肥滿》教給我的道德教訓，就是「人生要負責」。我並不是說《安靜．肥滿》督促讀者對人生負責，而是說《安靜．肥滿》提醒讀者倖存人世的代價就是要時時刻刻提起精神，善盡做人的責任：看到人要打招呼，收到簡訊不能已讀不回，要在職場情場打卡假裝認真投入，要擺出笑臉，要收起小腹，要嚴禁自己翻白眼。做人很難。

但是「做人很難」這句話通常只留給深陷人際瓜葛的肝苦人專用，例如那些跟辦公室政治、遺產糾紛、官員貪污、婆媳爭執糾纏在一起的人生鬥士。這些鬥士處理的挑戰是華麗版本的做人責任，並不是人人都會遇到。越來越多人沒有上班、沒有繼承、沒有生意可做，沒有進入婚姻；也就是說，越來越多人不會碰到華麗人生的枷鎖。那種「朝九晚五正常上班族」在當今台灣現實生活越來越罕見，「事少錢多離家近」早就是天寶遺事；在《安靜．肥滿》的世界中，庶民角色們歸屬在不被正視的勞動市場中，要不是被勞動市場排除，就是被捲入事多錢少離家遠的輪迴。在這種天地不仁的景況中，與其講究負責的人生，不如退一步，不要負責，也不要太在乎人生。

在〈安靜．肥滿〉這篇小說中，胖大女子就是不想負責的人；她甚至在職場裝笨，以便撇開職責。老實說，這是一種基本的斷尾求生術，但是世人往往忘記。不巧，她的生活被一批高中男生闖入，而他們偏偏很吵鬧、很精實（指運動後的身材），很負責。他們還年輕，覺得負責的人生比較對，所以想要跟這個安靜肥滿的女子賠罪。雙方的張力幾乎散發愛美浪漫的感覺，但我要說這種感覺來自小說作者擅長的境界呈現，而不是來自重視敘事的口號。

在〈蛙〉這篇小說中，女主角同時負責也不負責。為了一種看似簡單其實沉重的責任感，她從台灣飛去泰國鄉下，探望親生姐姐的小孩（親姐姐不在泰國，不在台灣，而在第三國打工——正是全球化時代，錢少事多離家遠的勞動條件），當孩子的短期保姆，卻在小孩頻頻要求承諾的時候拒絕孩子：她不要孩子誤以為她愛孩子，也就是說她就連口頭上的負責都拒絕。她不要那麼投入做人，或許這樣正可以防止孩子太在乎悲歡離合。

在〈車手阿白〉這篇小說中，「車手」這個綽號正好為阿白這個角色做註腳：車手，就是要負責任但是沒有甜頭可吃的小弟；阿白，就是因為害怕責任（對女人負責）而寧可放棄甜頭不吃（寧可避免男歡女愛）的典型異性戀男人。阿白可以跟小說女主角結為關係曖昧的紅粉知己，正是因為雙方都巧妙卸責做人。

在崩世代度小月的時代，《安靜．肥滿》不是自暴自棄的敘事，而是大智若愚的境界。

（紀大偉，美國加州大學洛杉磯分校（UCLA）比較文學博士。曾獲聯合報文學獎等，著有小說集《感官世界》、《膜》，以及雜文集《晚安巴比倫》。目前正在撰寫台灣同志文學史。）

平滑乾淨的材質

黃麗群

讀盧慧心的小說會讓我想：「啊，我也好想寫出這樣的小說。」覺得非常的羨慕。再讀下去，頓一頓，又想：「啊，其實也只有她能寫出這樣的小說。」可見文如其人這件事也是有的。

我常常想像短篇小說是什麼呢，短篇小說似乎是一種跟水面保持關係與張力的技術。當然這是個人獨斷的審美觀，但我的確不太喜歡耽溺其中的類型（不管背景是大江大海或小河塘，溺死了就是溺死了），有一點太過扎手舞腳；又覺得若站在遠遠的天上，雲水兩清，自己的倒影也看不見，未免有一些悵然。

我比較喜歡的是接近晴天打水漂，實心小石在水面上，以剛剛好的韻律在剛剛好的位置鬧事，聲響出現了，波蕩出現了，毫不辜負一場好天氣，也毫不猶豫，不願意載浮載沉，該到底時就往水深處筆直安靜到了最底，像牽著一根鋼線往下拉，可以把那整個袖手旁觀的宇宙都拖下水。或者接近飛魚，張起銀織的胸鰭在海面上下穿梭，亮得像一甩尾就能把南國的陽光反擊回天上，耳中幾乎有鏗鏘金石聲的幻聽，不明就裡的人覺得飛魚之所以這樣飛是一種美，仔細問過才知道，是因為有像命運一樣的大型魚類在後面掠食。

盧慧心的短篇小說就是這樣的水漂與飛魚。文字本身像美好的午後，清清淡淡，普普通通，不必靠跌宕起伏，靠的是生活本身龐大活動的呼吸；但也像那一個美好的午後，分分秒秒裡都有種齒牙相錯的細緻，讓人知道生活就是一種相磨與對楯的工序，因此就太容易不對勁了。然而這種細緻的表現方式，又不是聰明外露，而是包裹在一種平滑乾淨的材質裡，看上去，一點都不矜貴，製成了水壺，製成了湯碗，製成了肥皂碟，我想像它們是被安排在一間很日常的、和餐廳連接的廚房裡，洗過手，微笑的作者倒了水，盛來一碗燉菜，使用其實都是苦韌的食材，魚腥草什麼的，可是技術高明，溫暖好吃。

她十分會寫各式各樣的荒涼破落，也是很乾淨，並不是被洗刷過，而是她眼睛看得見事物頂天立地的本色，像荒涼就只是荒涼，而不把它扭絞成悲慘，破落就只是破落，而不曲筆疾書成不堪。她有一種溫柔的不溫柔，優美的不優美。

其實盧慧心是個編劇（是職業，不是譬喻），我猜她應該寫過一些偶像劇。因為網路跟共同朋友的關係，我們算是有點認識，大概知道她住在台北的哪一帶，工作是什麼，很喜歡吃某家熱炒，但我幾乎不知道她同時也偷偷地寫小說，去年得知她幾篇作品得獎（連這也不是她自己說的）後才知道這回事，這風格也很像她和這本書。她的對白寫得特別特別地好，非常適合作為正面教材，有時讀著讀著我會錯覺自己成為故事中某個一起打牙涮嘴的角色，內心有點滿足。

這本小說幾乎沒有一篇我不喜歡，我最喜歡〈車手阿白〉與〈蛙〉，也喜歡〈一天的收獲〉或〈艾莉亞〉。〈艾莉亞〉講了一句：「身為女人才會碰到的各種天災人禍。」不含標點，敞敞亮亮的十五個字，就圈住了別人用一萬五千字甚至十五萬字才哭得完的範圍，連性別的說教都省了。平滑乾淨的材質，像上等的大明火琺瑯，或者老瓷器，不惹眼，不冒賊光，我非常希望她能一直一直地寫，在這海上她是一尾奇行的飛魚，只此一隻，別無分號。

（黃麗群，政大哲學系畢。著有小說集《海邊的房間》、散文集《背後歌》、《感覺有點奢侈的事》。）

那雙溫和的眼睛

柯裕棻

盧慧心寫小說有創世般的強大天賦，她非常徹底摸透「活著」為何。她擅長建構無限逼近真實的現實——通常寫實的故事予人無情之感，可是她的情感看起來疏淡卻一筆一筆寫得極深刻。生活與光陰是有節奏的，眼淚落下是有重量的，期待落空的時候像死金魚一樣浮了起來，她的故事情節每一拍都扎實清楚，輕重分明。

她熟知生活的紋理和氣息，她尤其善寫悠緩荒蕪的日常。這不疾不徐的調子叫人凜然，是否那雙溫和的眼睛其實看過地獄，所以才能夠冷靜自持地說這些哀戚的故事呢。人心九拐十八彎的畸角她都理解，且將幾可亂真的生活感嚴絲合縫融在一起，神不知鬼不覺將你拎起來放到虛構的命運裡。她說故事沒有忿恨也無鄙棄，真實得嚇人。但她常說她自己滿口謊言，說謊成性。她或許真的擅長哄騙，謊言說得那麼真誠，讀著讀著很難不把心掏出來。可她又不讓你流淚，她讓你自己看個明白。

我們通常暱稱她「車車」，究竟是何典故已記不清了，我覺得這個平聲略帶長氣音的疊字很適合她。日常往來她像是日本電視劇中輕快卻有分寸的女生，溫暖和平，幾乎沒有尖銳的話語。可是，偶爾她會讓人忽覺其內在宇宙深邃難測，她會說出看似平淡卻一針見血的感想。她會看見明擺著的事實之後暗隱的因果關係。她會輕輕指出無人敢直視的粗礪現實。

她的穿著素雅自然，我曾問她這是森林系還是都會風，怎能調和這兩種特質毫無違和。她大笑說，森林裡也有很多可怕的東西噢。她也很適合那種微微過曝的都會鏡頭，清風拂著髮尾，半邊的臉清晰穩定，另半邊的臉在晴光裡與周遭事物一起朦朧化開。她的作品也體現了都會神話半明半昧的特質，寧靜又可怕。絕望潰倒時仍支撐著新娘的禮服馬甲，日出前即將宰殺的雞啼，死難前夕的情意繾綣，烏水溝裡藻荇青翠飄搖，公寓樓下徘徊的男孩魂魄……清晰可辨的總是世事的秩序，飲食、睡眠、洗澡、行走，生生循環，朦朧難言的是扯也扯不開的感情，將生命的細節緊緊綁縛在一起。

（柯裕棻，美國威斯康辛大學麥迪遜分校傳播藝術博士，著有散文集《青春無法歸類》、《恍惚的慢板》、《甜美的剎那》、《浮生草》、《洪荒三疊》，小說集《冰箱》，編有對談錄《批判的連結》等。）

目次

蛙

深深的擁抱中，他的傷痛仍是傳遞了過來。

後來，很久以後的某一天，在泰國，她和外甥女睡在狹窄的閣樓上，將睡未睡的時候，他和她的往事突然又在心裡緩緩流淌。或許只因這裡的日子靜而純粹，孩子又睡得比誰都早，才想起他。

電風扇嗡嗡擺頭，將蚊帳吹拂得如風捲波浪，好動的沙沙已經睡得和石頭一樣沉靜了。沙沙是在台灣出生的，回來不久就活脫脫變成泰國小孩，講中文的腔調也變了，發聲的部位不太對，音調總是上移。

睡前，她曾試著把蚊帳上的金龜子、獨角仙趕開，然而所有昆蟲都抱緊足節，決心將自己嵌進尼龍網眼。甲蟲背負寶石色的流光，蛾子靜止如絨扇，濃豔慵懶，很難想像牠們在夜空中飛行時竟是翩翩颯爽，綻放幾何圖案。

閣樓的燈關著，樓下的電燈光就透過閣樓的木頭地板漏出來，一隙一隙地照在牆上。

她試著從距離最遠的那一刻開始想他，幾乎是從時光的另一端開始。

高一時，他們同班過一年。

他個子高，適合打球，也跟班上的男生一起迷上了《灌籃高手》。流川楓也許非常帥、球技又好，但他們每一個都自認是櫻木花道。櫻木魯莽又友善，還有可愛的晴子在身邊。

他和她當時幾乎不會跟對方講話，也不會想到彼此。高二分班沒分在一起，雖然教室就在隔壁，但兩人從此再也沒交集，就這樣畢業了。

她懷念那些不記得的日子。

在學校，大家都直呼姓名，她是何貝唯，他是林立偉。

木頭的屋梁像龍肋，有些彎曲，頂上釘著紅棕色的鐵皮。樓下的人都在看電視，看高眺豔裝的男女互摑巴掌、訴說愛恨，她不看，卻不是看不懂，其實大半都能懂——沙沙對此大感不解，因為貝唯翻來覆去只能講幾句泰語。

世事總是相像。

天亮前，屋裡的人就在潮水般的雞啼聲裡醒來，敞開門窗，平原盡頭的微光依稀，礦藍色的薄明中，綠樹如夢環繞，遠處人家棕紅色的屋頂，掩映在樹梢的團團綠雲之間。

天一下就亮了。

高中畢業以後，他們隔了十五年才見面，長久分別，再見面時已是男人和女人，起初貝唯很喜歡這樣毫無盤算，彷彿懵昧未決，卻發現他傷痕累累，不知為什麼，淚意總在眼底徘徊。

「你跟她在一起多久，為什麼要分開？」

躺在他的身邊，不得不問。

那麼多個她都擁抱過這個男人，然而只有一個她一直在等人問起，但、即使如此……即使如此……

他的故事很短、也很長，根本還沒結束。

貝唯遠比他嬌小，可以完全躲進他的懷中，她曾試圖把自己藏好，棉被、枕頭、床墊，他，全都可以避震。

然而這麼可怕的故事，聽的人和說的人都口、乾、舌、燥。彷彿還是少男少女，裸身相貼，只為一起承受不能說給別人聽的可怕故事，她腦海飛快掠過高三的生物課，解剖那些皮又韌又滑、切不開的青蛙，殘忍、噁心，腹部一揭開來卻是五彩斑斕，心肝脾肺腎，各有各的美。

但少男少女只能尖叫再尖叫。

他說，他們在一起一年多，她得了癌症，大約也是年紀輕的關係，發病快得像迎面打來的巨浪。手術中才發現腫瘤不止一個，一個當場取出，其他的已經不能拿了，連切片也沒做，只能先縫合，術後她失魂落魄，似乎有什麼已經不在了。

他認真相愛，竟想結婚，她不肯。

她為他冤枉，也為自己冤枉。披嫁紗前，還想雷射，瘦身，挑婚紗拍照，這些繁華熱鬧，別人能有她沒有，別人都有她沒有……

「你還年輕，以後的日子還長呢。」

她狠心推拒，顯得更美，不似在人間。

他說，初識不久就深深受到她的吸引，她聰明又漂亮，辦公室裡人人都喜歡她。第一次和整群同事去卡拉ＯＫ包廂唱歌，有個年輕男同事似乎和她很熟，當眾壯起小腹要她摸摸肌肉，她依言伸出手，對方卻趁勢要把她的手按到自己的褲襠上。

眾人爆笑出聲，他在吃驚之餘，火氣也上來了，誰知她響亮地拍在那男生腹肉上，笑罵：「三八！」

他對她感覺突然變得好亂好複雜，她一向溫柔規矩，這突如其來的面貌將他刺激得頭昏腦脹，當晚就對她挑明了好感。

他從來沒有轟轟烈烈追求過愛情，這一夜已經很刻骨銘心。跟她在一起，是他一輩子最開心的時候。

他們只有周末能見面，兩人常常只是手牽手消磨時間，說不完很多簡簡單單的話，在一起也從沒吵過架。她溫柔體貼沒變，也還是漂亮得受人矚目。他常常是緊張著她，卻又是打從心底感到安心。

後來，她，就生病了。

真的……好可怕。

她沒下樓去吃凌晨的那頓飯，雞鳴以後又綿綿睡了一陣，清晨的風特別新鮮，替她作新的夢。

沙沙跟家裡的人去早市回來，又板著臉來喊她，她不甘心地醒來。不同於閣樓的木頭地板，一樓是水泥地基，鋪著淺色的大塊磁磚，日日擦拭潔淨，光潤如油，在她趾間絲絲生涼。

屋裡人人赤著腳，進門前就把鞋子隨意撂在門外。夜裡掛上蚊帳，鋪上超市買來的卡通睡墊，就像寬敞的臥鋪，但此時睡墊只是倚牆擱著，圖案是維尼熊和森林裡的好朋友：跳跳虎、小豬、瑞比兔和大耳驢。

廊下的水泥抹平得很粗率，貓狗和雞鴨都在這地上吃東西，塵沙裡不時混著雞屎和飯粒，但屋裡的物事卻是那麼少、那麼明淨。

木製窗格有相當深度，烈日高照時彷彿金湯潑落，在此卻轉折而下，依著窗格的圖案打印在室內。一個櫥櫃，一台螢幕很大的電視，接收電波的小耳朵就在屋頂上。牆上貼著泰皇家族的合照和泰皇的獨照，月曆圖片則是穿著袈裟端坐的老老和尚。屋梁還懸著一個乾燥蜂窩。

家裡的人吃過飯就趁早下田，她在家賴著，小孩總嫌她太無聊了。「妳太無聊太無聊了。」

廚房裡的大紗罩下有湯有菜，半片波羅蜜和染成螢光綠的涼糕掛在釘子上，涼糕跟波羅蜜是外頭買回來的，沙沙在廊下餵狗。

隨便洗過手臉，她打開電鍋自己盛飯來吃。鍋裡的白米飯還微熱著，但插頭已經撥掉了。這裡過日子要好好省電，還要節水。

廚房建在水泥隔間的外緣，沒鋪磁磚，磨光的水泥地踏在腳下如海沙，白日發燙，夜裡細涼。廚房裡接了瓦斯也接了濾水器和水管，水喉下是一個半人高的大陶缸，洗菜洗手後漏下的水就儲在缸裡，做完菜再舀出來洗腳洗地。

家裡一天燒菜兩次，十人份的電子鍋裡永遠都煮著白米飯。自家種的米，沒拿出來賣，米是家人們整年要吃的。現金收入是提活雞去早市賣掉。

說起家人，這裡四鄰都是血親，從一位尚在人世的年邁女性算起。她散布開來的枝葉，點點聚散在這地平線很平、太平、彷彿剪開天地的迢遠平原上。平原上也有小山緩緩，山稜連接著廟宇金色的屋頂和阿勃勒爍金的花串。

她盤坐在地，正用湯匙在吃飯，沙沙趕緊摟著三花小貓過來聊天。這小貓輕巧極了，白日裡總是在睡，任孩子抱來抱去。狗不能進家門，貓可以。小睡貓夜裡很有精神，貝唯曾見過牠在屋裡咬著老鼠亂舞，老鼠後來當然被牠吃掉了。

「菜是誰煮的啊？」

「婭。」

婭是沙沙的奶奶，貝唯叫她「妹」，是喊她作媽媽的意思。妹七十幾歲了，一雙大眼，長年彎身種田佝僂了，但人很強壯。

「好吃嗎？」沙沙關心的問。

「好吃。」

「婭做的都比較好吃哦。」孩子很偏心的說。

屋裡每個人都做菜，手藝相似又相異。市場買來的豬肉末，放進很多辣椒同炒，炒好以後用小鐵鍋盛起來，用餐時掀開鍋蓋，把汪著一層紅油的碎肉舀到白飯上同吃。

雞蛋先打進小鐵盆，再把一種綠絲般柔軟的菜葉刮進去打散，這種植物梗上帶刺，貌如荊棘，但絲狀的葉子和蛋液一起煎熟後非常香。

巴掌大小的淡水魚，買回來時已經刮過魚腹，整條抹上鹽巴下鍋乾炸，蘸上粗磁碗裡的醋和辣椒末一起吃，這裡的醋很稠，色澤閃閃，常常拌著豔紅的生辣椒。

這幾樣下飯，餐餐都有，早上一次便做了很多，中午不做菜，只要電子鍋裡有飯就行了。

有時擣青木瓜絲來吃，木製的杵臼一直放在廊沿下，也在廊下摘了瓜，青木瓜用刀豎著切上幾道，敲打後就散成青絲。擣木瓜絲之前，叫孩子去流經村口的渠道裡抓蟹回來。帶著汙泥、看起來灰糟糟的小蟹在水喉下沖洗後，恢復剔透，背殼似有鏡影，腹部瓷白，在臼裡摻些鹽把活蟹和瓜絲一起擣碎，果凍似的蟹肉就消失在木瓜絲和魚露裡。

吃過飯，隨意用帶鏽的木柄小刀削水果吃，波蘿蜜蜜汁滿溢，邊吃邊把爬滿螞蟻的部分割去，波羅蜜果實很沉重，每個都比枕頭還大，自己家沒種，買半個，泰銖二十塊。

青綠色的生芒果則是去皮後直接啃食，酸甜爽脆，直到咬破清苦柔白的芒果籽為止。門外的幾株大樹正在結紫色的小漿果，芬芳酸澀，沒多少果肉，常常就直接扯著枝葉一起折下，把紫色漿果放進嘴裡嚼，紫漿把嘴都染紅了，酸味非常刺激，幾乎不想吃它，卻又不住地吃著。

屋外四周很多芒果樹，他們不摘芒果，直接敲打芒果樹的枝椏，把青色果實打落，再從地上撿回來，裝進鉛桶存放。自然落下的芒果是熟透的嬌黃、布滿黑色班點，軟熟得可以用手指輕易掐開，孩子們有時去撿來吃兩口，常常又隨手扔掉，甜膩微酸，在高溫的天氣裡自然發酵，帶著酒味。

加工熟芒果是門工藝，村裡的人會費心割開熟芒果的纖維，一片片在塑膠篩網上攤開曬乾，乾燥後壓平摺疊，帶有濃濃奶香。

隔天她就要離開了，行李箱已經理好，裡頭都是妹給的芒果乾。

「我不想妳回去。」沙沙攤在地上說，貓也滾在地上熟睡。

貝唯摸摸外甥女的頭，一頭都是汗。

「那妳跟我回台灣。」

「爸爸一起我才要。」沙沙開始討價還價。她穿著貝唯買來的卡通衣衫，瀏海齊眉。孩子們的髮型都一樣，女孩都是打著瀏海的耳下短髮，男孩子剃平頭，學童和青少年們多半整天穿著校服，即使在繁華的曼谷，男孩女孩也仍然留著制式髮型、乖乖穿著校服。

要上學的日子裡，沙沙早上五點起來吃早飯，穿好制服去村口等車，附近有孩子的人家一同雇了廂型車接送。午餐在學校裡吃，傍晚再搭同一部車回來，到家時天都黑了。

「這裡上學很辛苦，妳不想回去讀書嗎？」

小孩轉頭把臉埋在貓背上，嘟噥的說她擔心她的狗，她的貓，還有上個月才從市場買回來的、八隻會泋水、會吃蝸牛的小鴨，她辛辛苦苦替鴨圍了籬笆（至今已經被她姑姑家養的壞狗咬死了兩隻）。

「那妳不想台灣嗎？」

小孩說她比較想媽媽。

貝唯的姊姊正在大陸工作，暫時沒有回台的打算，貝唯知道一切都是無解，問答也是枉然。

「那講一個故事給妳聽吧？」

「講一百個。」小孩說。

為了講故事，貝唯把腦海裡所剩無多的童話都拿出來。說了一個，再說一個，又說要聽鬼故事。貝唯只好講聊齋故事，書生和女鬼相戀，器物成了精怪，蛇跟花妖化成人形……

「妳不會講。」沙沙作了結論，「都沒有很可怕。」

接著交換角色，沙沙要講鬼故事，貝唯當然洗耳恭聽。

誰知沙沙說得坑坑疤疤，她甚至把很多中文字彙忘了，有時得先提問：「那種、晚上在外面飛的、是什麼？」

「是蛾？還是……螢火蟲？」

「都不是，是黑色的、有翅膀……」小孩左支右絀，揮舞雙臂作飛行狀。

「蝙蝠？」

「對！是蝙蝠……那隻蝙蝠……」

敘述途中充斥著這類比手畫腳猜猜看，貝唯早已忘記故事究竟是從哪裡開始了。但沙沙眼睛發亮，越說越起勁，想必這故事對她來說相當精采，迫不及待想讓貝唯聽懂，可惜貝唯聽不太懂。

「可怕嗎？」

貝唯搖頭，沙沙頗為失望，撲倒在她懷裡嘆氣，又舉起腕上已經有點髒的彩繩給貝唯看。「這可以趕走鬼，想要這個嗎？」

貝唯先是搖頭，又點頭，如果能趨吉避凶，為什麼不……而且也很好看。

這種彩繩有時只是黑白黑白黑，花紋反覆，有窄也有寬，和台灣街上賣的幸運繩類似，這裡也和香花串一樣，好像人人都會做，貝唯卻每每在那些微的花樣中重新認識到迥異的美。

沙沙要去餵鴨，貝唯去撒尿，鐵皮搭起的廁所兼淋浴間鋪有水泥地，裡頭接了水管、設了簡易的馬桶，下面的糞坑也是蓋房子時找人來挖的，沒有抽水馬桶的水缸，也沒有廁紙，要動手舀水沖洗。

淋浴間裡常常睡著貪涼的貓跟狗，叫也叫不醒，強制驅趕，他們才肯慢吞吞的離開，蜥蜴老鼠到處遺下糞便，還有吃剩的昆蟲殘肢，或是透明的翅膀，或是珠寶般閃亮的外骨骼。

貝唯撞見過虎視眈眈、下頜一動一動的蜥蜴，也見過肉色前爪、骯髒多毛的老鼠，但貝唯會把尖叫收斂下來，就當作沒看見。野物畢竟還是比較怕人，就在不經意間走了，只要鼓起勇氣用了廁所沖過澡，地下水雖然冷冽異常，但一熬過去身體會變得更暖，又能煥然一新、凱旋歸來。

蔓生的南瓜葉扇張波瀾，翠綠碧綠暗綠，蓋滿黑色濕潤的土壤，在日頭下蒸出水霧。野豌豆枝苕絨絨，紫花如蝶，四五株秋葵枝梗頎長、朱紅微染，嬌黃蕊心底漾著深深的漩渦，很像會說話的眼睛，明媚的瞅著天空。

未到季節的火龍果比人還高，綠龍相接的枝條裡藏著白絲盤張的花朵。

走回主屋的小徑上有幾株花盤比人臉還大的向日葵，矮牆旁一向紮著半袋穀子，是餵雞用的，不知哪來一隻肉囊臉的大火雞擋在路上，撅著尾羽埋頭在吃從袋子裡流洩出來的穀子。

貝唯憋了一口氣，不理牠，自己轉回屋後，倉庫有許多乾燥未碾過的稻穀，都用大口麻袋裝著，每次經過，她都忍不住要伸手去摩挲那些金黃飽滿的顆粒，空氣中漾起粉塵閃閃。

果樹和蔬菜可以理出地面來種植，稻子不一樣，水田還在更遠的地方，要下田得騎著摩托車往返，引擎聲短促地托托托托地來去。

正午時，鬪和妹分別騎著摩托車托托托地回來吃飯，鬪一直叫貝唯吃這個吃那個，沙沙倒在鬪的腳邊，動不動就咬他一口，知道爸爸疼她，就這麼無法無天。妹吃過飯，在廊下起了爐火烤野山藥，山藥的皮在火光裡緩慢焦化，粗糙表皮凝出沸騰冒煙的糖蜜，香噴噴，感覺上烤了好久好久，沙沙和貝唯就在旁看了這麼久。炭火燃亮後化成白色餘燼，火舌舔舐著乾燥的木質，沿途自有呼吸，火化了無數心事。

沙沙的小表哥騎單車在村裡亂迸，也被招來吃山藥，他們都把焦炭狀態的山藥皮剝掉才吃，但嘴皮上仍都沾上些炭粉，然而烘熟的山藥雪白甜蜜，放進嘴裡就溶去。

妹說野山藥是人家送的，都為了招待貝唯，也有些親戚晚飯時間差小孩端一樣菜過來，孩子在她面前有點怕羞，菜碗放下就笑瞇瞇的溜走了。

也曾送了整塊的野蜂窩來，密匝匝爬滿了煙燻不走的淡灰色工蜂，她發現這些工蜂聚攏不散，是試圖要來照顧那些蠕蠕的幼蛹，然而每個人都用刀刮開盲目的蜂群，切開蜜巢，連白色的蟲蛹一起放進嘴裡吃了。

她自己小心避開有蟲蛹的部分，割一塊淡黃色的蜜巢來吃，在清悠的甜香中，連自己也不值得記憶。

吃得太多，貝唯昏昏欲睡，只得到外頭亂走，沙沙跟小表哥各自騎腳踏車跟著她。日光曝白，樹蔭處更顯幽暗，大地被曬出的熱氣如湯煙，景物融軟似蜃氣所化，乾爽的空氣卻特別好聞，路有路的味道，樹有樹的味道，三四里外的雨雲也清晰可辨，蒼蒼的稻浪上時有雲影。

她來，每個人都叫孩子陪著她去逛、去玩。外甥女自然比較撒野，貝唯成天只想在屋裡躲日頭，或跟貓狗玩，懶得陪她遊戲，對於貝唯的懶惰成性，沙沙常是氣鼓鼓的。

她有些難以想像的小脾氣，譬如，她每天都要問貝唯：「阿姨妳愛不愛我？」

她明知貝唯永遠要說：「不愛。」

沙沙討厭這個答案，非常氣惱，九歲的小女孩，會試著用頭撞、用手腳推搡，不讓貝唯賴在地板上看書。棕色的孩子手腳並用，幾乎要把貝唯軋扁了，小女生短衫下的肚皮很圓，圓鼓鼓的都要遮不住了，很可愛。

然後貝唯會繼續堅持她只愛自己，然後、小孩就哭了。

沙沙的媽媽說她生來善妒，都怪星座不好。

貝唯聽了只在心裡發笑，其實真正善妒的是姊姊自己。姊姊是家裡頭一個孩子，很聰慧，小時被父母稀奇地寵愛過，晚出生的幾個女兒也搶不走她的風采，父母盼到么弟後，姊姊完全失寵了。也許她人生的得失計較就來自這一熱一冷，對她而言，此後都是冷遇。因此她的嫉妒是無聲的叫喊、是渴求、是帶刺的反叛——或許這些也都還是愛。

相較之下，貝唯從小就知道這世界擠滿了人，有東西吃就吃快一點，有位子坐就趕快坐下，家裡食指繁浩，窮得漫不經心，連椅子都湊不齊。她整個童年都在沒寫功課、上學遲到跟考不及格中度過。

父母責打她，都說她最嫉妒姊姊、最叛逆。

她自問不過是懶了點……

貝唯這一生和嫉妒有關的，都和父母或姊姊無關，嫉妒只能和愛相關。若說她有些叛逆的心，也是因為貝唯早早看穿了，父母只是把乖不乖、成績好不好當作責打她的藉口，她知道他們不是真正在乎她，連打罵都只是在發洩自己的煩。

貝唯的姊姊卻是真正的叛逆，她對父母的反叛如此漫長，最後竟把貝唯帶到這裡，眼前的沙沙還在哭著要阿姨非愛她不可。

「好了不哭了，妳爸媽都很愛妳，還不夠嗎？」貝唯抱起哭到渾身發燙、微帶汗酸的沙沙。沙沙小蟲似的扭來扭去，滿身都冒熱氣，像塊剛出爐的熱麵包。

即使與母親分離、即使在泰北鄉下過日子，也實在比貝唯的童年好一萬倍，沙沙聽了，仍是在她懷裡亂扭，卻已經像是在跟她玩什麼遊戲。

「真的有比妳好嗎？」

「有。」貝唯說，「好很多很多很多。而且阿姨也愛妳。」

「那妳最愛我嗎？」沙沙乘勝追擊。

貝唯知道，在自己這個年紀，母親已經養出了多少孩子，在這難得清明的時刻，想起父母的臉孔，也不是厭恨的、也不是怨懟的，只是懷著一份淡淡的傷感。

入夜前，她和外甥女照例沿著村外的馬路去亂走。霞光像錦緞鋪展，而層疊的雲朵、樹、屋只是剪影，令她想起美勞課做的紙雕，天色從地平線外漸次泛藍，路燈亮了，飛螢繞著熾熱的燈球，也都閃著微光。太陽落山，長風習習。

她想起他說，當時好多檢查，光是理解就非常吃力，只能按醫生的囑咐一一去做，她先跟公司請了長假，很多人以為是他們要結婚了，每一次的檢查都要另外安排時間，數據的分析報告寄來寄去，醫院手續繁瑣，空調如冰凍，為了作術前評估，她要在醫院裡住一夜，他送她去病房回來，夜裡他就接到電話，說，她走了。

他一直追問自己當時在哪、在做什麼……

為什麼就沒有一個雷聲或一陣心悸點醒自己，就像電影跟戲劇裡常演的那樣？

多少個夜裡，閉上眼睛他就看見她。

斷氣前她清醒嗎？

是不是很害怕？

這些黑暗的念頭如此刺痛，彷彿深入直下的漩渦，一路下墜，他會在夜裡突然睜開眼睛，讓自己「立刻」回到現實，然而從地獄歸來的這段路，已經不再是閃瞬之久，而是越來越長。

「不要那麼傷心，早晚你會再找到一個喜歡的人。」

「不是，是我自己不想再和別人一起。我覺得我跟其他人不能相處。」注
貝唯只是抱著他，看清楚他也看清楚自己，短暫地燃亮彼此，相依為命。

他的內裡還是柔軟的，足夠柔軟的。然而一次悲歡離合，已經把他能承受的情感容量用完，此後他總捨不得把同樣的感情交給別人，不願意複寫了情緒和記憶，不想讓他與她之間的故事漸次模糊。

她沒告訴他，真愛不會敗壞，往事只會越磨越亮，就像《綠野仙蹤》裡女巫的一個唇印，印在額上就永不褪色。她沒說，也許只因為她是女人，他是男人，他們的世界顛倒著，就像太極圖上的黑與白、陰與陽，就像他與她相擁的形狀。

她想起高三的物理課，她和暗戀的人一同潛進攝影社的暗房，她帶了一袋冰糖，他帶著相機，教室內設了好幾道隔音隔光的銀底黑絨布，他們在拉簾之間吃吃傻笑，球鞋踩在光滑的磨石子地上格吱有聲，他們有一時走散了，少年的手從簾中突然探出，準確地拉起她的手，她尖叫一聲，卻仍跟著他旋轉，他叫她一邊轉圈一邊抬頭看，才不會頭痛，她照著做，頭還是很痛很痛。

他們是來辦正經事的，夏日蟬聲唧唧不休，兩人嘴裡都噙著打碎的冰糖，說話間牙齒與糖塊有些細碎的碰撞，有心無心地口齒不清，含糊的說很多傻話，也沒有表白

心跡。卻又像是能說的都說光了，不然怎麼辦，倒也有種蠻橫的樂觀。

他們在乾涸的藥水池裡砸碎冰糖，拍下照片，是為了觀察課本提到的發光現象，然而照片洗出來一片黑，至於冰糖究竟有沒有發光，兩人有很多不同的說法。

她記得，穿夏季制服的感覺，當時兩人的手都有點空蕩蕩，便握著對方的手，只覺得涼，也不知踢倒了什麼，不時有東西在地上滾著，叮叮噹噹。

每當愛上誰，那聲響就會突然在她耳邊迴盪。

晚飯照例是全家一起吃，不止沙沙的叔叔在（他只喜歡男生，沙沙每次強調），沙沙的姑姑也帶了一家人過來。兩家準備的飯菜合在一起吃，都擺在一塊長型的布上，大家席地坐著。吃完飯又吃水果。秋天來時常吃山竹和紅毛丹，現在就吃許多芒果。

闞說吃過飯要去替貝唯找手環，貝唯有點不解，她知道沙沙的手環是闞自己編的。

「找人送你一個。」

晚上七點是大家吃完晚飯開始看連續劇的時候，闞卻很難得地帶貝唯跟沙沙出門，村裡的人很少在夜裡離開室內，他們天黑後都習慣待在屋裡。即使像闞這樣在台灣生活過多年的人，也是一回到這裡就完全融入了家鄉的生活，彷彿根本沒離開過。

村外的馬路有路燈，村裡沒有。黑夜中大馬路旁的兩排燈死寂的亮著，村中卻只有每戶人家窗戶裡透出的燈火。他們一人拿一隻手電筒離開屋子，沙沙的狗都想跟來，被罵了回去。別戶人家的狗吠聲起起落落，雞群都擠在籠裡不動，夜裡天氣微涼，天上的星星寒光閃閃。

「爸爸要帶我們去找婭的鬮。」沙沙很小聲很小聲的說，夜裡不好大聲說話，尤其在屋外。

妹是村子裡的原始住民，四周環繞的田地都分屬於她的家族成員，她的哥哥應該有八十歲了，不過這裡的老人多半到死前一天都還能下田、吃喝、說笑，活力相當旺盛，妹守寡，只小她五歲的胞妹卻任意改嫁，五年前還結了第三次婚。

鬮的舅舅家房舍很大，也是棕紅色屋頂，從外圍的菜園往裡走，也同樣都是主屋、倉庫、浴室，規模卻截然不同。他們養的狗更多，先是吠，然後是跟前跟後的嗅聞。

老人跟兒子、媳婦、孫子、孫媳婦都在大屋裡看電視，正在吃飯後水果。

屋裡的人都招呼貝唯進去坐，她只是笑著說不要。

鬮把來意說了，老人點點頭，讓晚輩繼續看電視去，自己拿些東西就走出來，外頭的狗一陣騷動，老人擺擺手，狗都散去了。

老人對她微笑，泰國人都有燦爛笑容，貝唯也回以微笑，這些泰國的姻親們，常常給她更多家的感覺。

老人手上也拿著一個手電筒，很亮的，把後頭的芭蕉照得影影幢幢，沙沙緊跟著她爸爸，貝唯則跟著老人，老人好像很隨意的走著走著，揀了一個地方停下腳步，貝唯環視四周，看出他們人在村子的邊緣，再往前只有許多樹。

老人跟闕講了一下話，貝唯也不大留心，沙沙卻指著樹林對她說：「阿姨，妳去裡面一下。」

貝唯把手電筒轉向樹林，沒有能算是路的地方，她穿著便鞋，連襪子都沒有。「去裡面做什麼？」

闕往樹林裡比畫了一下：「去找一個東西，要會動的哦。」

「會動的東西？活的東西嗎？」貝唯從茫然中逐漸明白過來。他們似乎是真的要她獨自走到那個林子裡，去找一個活物。

找活物、然後呢……獻祭嗎？她想起浴室裡的蜥蜴和老鼠，和那隻臉很嚇人的大火雞。

「我不行啦……」

「那個會自己過來。」闢說。

「那個」到底是什麼呢？貝唯苦笑。

「不要怕啦。」沙沙沒有那麼小聲的說。

貝唯僵了半晌，沒有人再說什麼，只等著她行動。

最後她認命的慢慢走進林子，沒有路，地上的植被很厚，她一踩進樹林，雙腳就陷了進去，走遠幾步以後，她有些狼狽的回頭看去，身後的老人、闢和沙沙，三人手上的三道燈束，都朝她搖動示意。

其實沒有那麼可怕。

林子裡的樹種不雜，大抵是同樣的樹吧。都是筆直而高大、樹皮平滑，她大概也驚擾了這個林子，突有梟鳥撲翅從她頭頂經過，氣流迤邐，她開始擔心如果得抓一隻梟回去怎麼辦。

最好在林子裡稍微消磨一點時間就兩手空空的回去，或者試著抓一隻懶惰的夜蛾交差好了。

她胡思亂想，缺乏前進的意願，卻好像電光一閃地看見了那個……

那是隻背上有金色花紋的青蛙，寧靜的蹲在她腳邊一塊岩石上，貝唯小心地蹲低身子，靜靜和牠對望了一陣。

這麼可愛，忍不住令人想去親近，蛙嘴有點尖，下頷雪雪白，對她半仰著小臉，露出天真的神情。

「啊、怎麼會……」她非常快樂，好像找到自己。

很奇妙的，此時竟有另一隻一模一樣的青蛙冒了出來……

等她兩手空空地回到樹林邊緣，只見老少三人圍坐在一起，手電筒放在地上聚光，父女兩人都專心地在看老人編結絲線。

她一身汗彷彿剛從水裡被撈了起來，還吶吶想解釋自己為什麼空手而回，卻見老人抬起頭來，對她笑了笑。他手上的彩繩已經完成了一小段。

「阿姨你看到什麼？」沙沙問。

「青蛙，背上有點金色的。」

沙沙對老人附耳說了什麼，老人只是點點頭。

「有兩隻哦。」

離開前，妹替她在屋後摘了椰子，並且一一鑿開給她喝椰汁，她試過要自己去鑿，但完全不得要領，深感氣餒，只能任人幫忙。

幾乎已經木質化的老椰子剖開後，椰汁是發酵過的，酸香甜郁又滿是氣泡，是天然的椰汁汽水，較幼嫩的果實裡，則滿藏著甘美的汁液，飽含椰油的果肉肥白腴華，用湯匙刮出來吃。

火車晚了兩個小時才從清邁開到彭世洛，沙沙和闢陪她在火車站等車，她對沙沙滿懷歉意。又是只住了幾天，又是匆匆忙忙，又是懶惰的不肯多說一些故事、不肯陪她做遊戲……即使是這麼不稱職的阿姨，沙沙還是很捨不得她走，淚眼汪汪送她上車。

在火車上又耗掉七個小時，深夜抵達曼谷，她住進華南蓬火車站附近的旅館，隔天醒來就去一家連鎖按摩店。按摩女的雙手彷彿逐漸加溫的熱水，將她整個人揉散又重新組裝一次，再世為人。

按摩出來，發現撒拉旬的街角有家黑漆漆的英式酒吧，叫「黑天鵝」。她不顧剛按摩過，推開黑色沉重的木門。

酒吧裡金碧輝煌，冷氣冰涼，西方人三兩成群對彼此喁喁低語，或在角落翻看外文書報。貝唯點了杯啤酒，吃一份炸薯條，價錢和台北一樣，約是彭世洛一整個月的電費。

她喝著啤酒，眼光卻落在自己的手腕上，兩條彩繩纏在一塊。

金背脊的青蛙，想來已經像是她的夢，又或者，她才是青蛙的夢。

老人給她打了兩條彩繩。老人說，她心裡有一個人，聽起來好像是她有一個祕密的心上人，或某個難忘的愛人。

伴著啤酒，她在心上默默翻閱那些不同的臉孔、愛過恨過的身體，卻又一一對自己否決了。如果她心裡真有一個人，她不會不記得。於是貝唯一面把玩手環，一面想起更多有可能走進她心裡的人。家人、朋友、上司、下屬，甚至是反目為仇的敵人，當然她也想起了林立偉，又一次真心希望他能過得快樂，雖然她不知道該對哪一位神明祈禱才好，但她總是誠心的。

也許只要是誠心的，那就什麼願望都能實現，她舉起半滿的酒杯，對啤酒許下心願，如果可以的話，她希望林立偉能過得好，即使要把人生的苦和甜都嘗遍，她也期盼他能平靜快樂。

酒杯輕觸唇邊，她才突然想到當時的情景，他將臉藏在她的胸前，微暗的燈光下，她輕撫他烏黑微捲的頭髮，任他痛哭一場。

原來她就這樣留在她心中了，那個早逝的她。

貝唯並不驚訝，就像作夢一樣，夢中的一切早已了然於心。

她只是靜靜把杯底的酒都喝完，溫潤了那稀薄的記憶，即使是來自一個陌生的女子，但的確有一份印記轉寫在她的心底，他的傷痛流入她的心中，隱約也藏著兩情相悅的快樂，那是最初最初、清甜的滋味。

回到台灣，她隔天就開始上班了。比起休假前的表現，也沒什麼不一樣，她這次把年假用罄了。

姊姊從大陸SKYPE她，說他們一家三口，打算統統遷回台灣。

還說她：「虧妳在那裡待得住。」

有時跟沙沙講電話，沙沙總要問問她心裡的金蛙怎麼樣了。

「現在還是兩隻嗎？」

「還是兩隻哦。」

注：引用歌詞：My Little Airport〈憂傷的嫖客〉（詞曲／林　阿P）

——寫於二〇一三年夏天

原載《短篇小說》二〇一五年八月號，第二十期

車手阿白

我去聯誼的時候認識了阿白——那種專為單身男女辦的付費聯誼活動，我還是第一次參加。

是N先把聯誼活動的網頁寄給我的，我跟N連著好幾年都沒什麼感情事件了，因此常常在各種通訊中交換對此事的感慨。

郵件標題：「要不要跟我一起去」

郵件標題：「RE：要不要跟我一起去」

郵件標題：「三十好幾沒對象的人好像不太正常」

郵件標題：「我們也不算正常！」

談起聯誼後，我們依然毫無行動，任憑郵件繼續往返了大半年，其間N在同事介紹下認識了一個適合的對象，也跟對方熱切的約起會來了。最後寄來的郵件標題是：

「快去聯誼！」

我得一個人去聯誼了。

先在網路上填好個人資料和對伴侶相關的期望就算是入會，主辦人會把每個月的聚會主題整理給會員參考。聚會主題通常都寫得很俏皮，「不會做菜也ＯＫ的下廚派對」、「工程師之夜」等等，這個網站號稱是新世代的婚活，「婚活」這詞來自日本，雖然跟「就活」（為了就職而進行的活動）算是同系列的造語，但看在我眼裡，「婚活」兩字隱約有不婚就死的危機之感。

入會以來，月初我都會收到大字閃動、花花綠綠的會員電子報，派對名稱林林總總，在公司點開這種信件令人一陣羞赧，但仍有不少主題憑空勾起我許多想像，譬如「認真男生找真心女生」，還有「穩定系六年級談心派對」等等。

要這樣分的話，我也是六年級的。

我查過日期，選了標榜六年級的場次，勾選「參加」。不久後就收到通知，結果那天我花了整整五個小時在聚會上，因為有五十對男女必須在最短時間內起碼談上幾句，玩配對遊戲，還得吃完會場提供的西式套餐，所以場面非常混亂。

每過十分鐘，男士們就集體換桌一次，大概是怕背景音樂低緩清柔會令交談變得尷尬，店裡播放大聲量的節奏音樂，所有人都拉高嗓門，在彼此的資料卡上填寫郵件地址，很多人一邊寫一邊說，最近很少拿筆寫字了。當然，我們又不是真的國小六年級。

有些男生直接留下手機號碼，我欣賞他們的果敢，有些女生自備了印有姓名、暱稱跟郵件地址的螢光貼紙，輕鬆一貼，還能多幾分鐘和大家聊天，我欣賞她們有備而來。

我很快就失去隔著桌子和異性高聲談笑的力氣，有時只是相對微笑，任憑嘈雜的重低音猛擊耳膜，感到時間列隊流逝，或和同桌的女生小聊一會兒，每一組女生都全程同桌，反而很容易熟起來。譬如坐我左手邊的女生是某電視頻道的剪接師，很漂亮，談話間也顯得機智可愛，每一批男士們換過桌子都會傳小紙條過來給她表示心儀，桌上的小紙條越疊越高，而坐我右手邊的是個溫柔的國小老師，說起話來靦腆有禮，我覺得我不太受歡迎，但也不覺得很不受歡迎，沒看見什麼一見鍾情的面孔，但也不是很喪氣……聯誼是這麼一回事。

途中有幾分鐘我放棄折損自己的喉嚨，離席到店外呼吸新鮮空氣（店裡開著一種精油蒸氣，阿白說從那陣香霧中退出的我渾身都有點柑橘味），餐廳外的靜巷裡，挾著人家圍牆裡長出來的兩株芒果樹，我稍事休息，才發現巷子裡也有不少從店裡逃出來的人，在樹下抽菸的阿白就是其中之一。

「很累吧？」我說。

他點頭。

「你有吃飽嗎？」

「我們見過嗎？」他問。

「還沒，」我翻看我的資料卡，「不過放心吧。我會很快碰到你。」我說完還自己笑起來。跟很多陌生人交換資料以後，我突然覺得自己善於社交又富有幽默感。

我回店裡時，阿白還在外頭，後來輪完所有桌子也沒再見到他，我想是彼此都走來走去錯過了，一下午收集了近五十個異性的資料大大紓解了我的某種焦慮，眼看許多人都為人生伴侶煩惱，我顯得不夠煩惱了。

過了幾天，我搭高鐵去新竹出差，又碰到阿白，阿白認出我之後表情一變，他疑神疑鬼，忐忑不安，最後才問：「妳怎麼知道妳……妳是怎麼知道的？」

「知道什麼？」

「妳說妳很快會碰到我。」

原來阿白根本沒去參加聯誼，他那天只是剛好跟朋友在附近的店裡碰面，出來抽根菸而已。

這就是我跟阿白認識的始末，阿白比我年輕一些，高雄人，自己在台北開了一家車行，他跟以前的女朋友有個女兒，撫養在前女友的父母家，阿白除了提供生活費外，也常常去新竹看孩子。

「我女兒的媽媽已經嫁人了，但我不知道她嫁給誰。」

阿白跟我談起他的生活，就像引用一本翻開的日曆，他好像對時間特別敏感，談到過往，他可以引述年月日，那天是星期幾都還記得。我們在車站裡站著談了一會兒，同回台北後還一起在車站樓上吃過飯才道別。台北車站比起以前，顯得很現代化很聰明，也讓身在其中的人多少聰明了起來，以前我一直在這裡迷路，包括捷運站和台北地下街，整個台北車站是個龐大迷宮。

阿白說他不迷路。當然，他是高雄人，可是他在車站怎麼轉也不會沒了方向感。我跟他說我希望哪天他能去戴高樂機場試看看。他說他還沒出過國咧。但是搭過飛機哦。去澎湖，也去過台東，很好玩。

這兩個地方都很美。他說。我點頭。

我想起暴雨的台東山區，台九線。還有，澎湖向來少雨，我去澎湖兩次卻都碰到雨天和暈船之苦。之後的談話我一直陷在雨中，阿白的故事挾著風吹雨打，與雲層幾度剝離重生的天空下，大海新綠又潮濕，那一席眠床般的海啊。

阿白好像很少有機會能把自己的事說出來，也許他無法對同性傾談他的心事，雖然他的心事在我看來沒什麼丟人之處，也就是寂寞了，徬徨，過去失敗的感情令他卻步不前，我看得出他很疼愛女兒，但又抱怨著撫養女兒的那家人視他為仇敵，他只想趕快結婚了把女兒帶回來，但結婚對象若是嫌他有個拖油瓶該怎麼辦才好，結婚對象若是欺負女兒又怎麼辦才好。

我一邊聽著他說話一邊吃飯，還勸他也去參加聯誼看看（我很誠實地告訴他聯誼後沒有任何男性跟我聯絡）。我用手機把聯誼的網頁傳給他，順便交換了電話。

後來阿白也常打電話給我，沒聊什麼，他有時候午後打來，我在開會不能接，改傳APP問他：「我在開會啦，有事嗎？」

他會回：「沒啦。」

有時候是我APP他，他回「有事就打電話！」，但我略一反省，覺得其實沒事可說，也就沒打過去。但沒過不久他會打來：「怎樣？不是說要打電話？」

有時我工作稍微有了空檔，睡眠充足，想要吃些好吃的東西、愉快的度過假日，也會找阿白出來。當然也要他有空，心情也好，他有時還肯開車來載我去遠一些的地方逛逛，我是完全靠捷運跟公車在生活的人，有人開車來接我我覺得很好，N交男友的條件就是得有車，她說有人接送的滋味真是好多了。

我跟阿白說開車是他的加分點，阿白大笑，但沒否認，他車裡有小孩的玩具，開車時我常常看他手機裡女兒的照片解悶，女兒很可愛，眉毛很濃。

「天啊這根本是你的眉毛轉印上去。她個性很強嗎？」

「像我個性當然強，女生有脾氣比較好。」阿白一面倒的說。

阿白跟我聊過他的兩個約會對象，一個是朋友介紹的，在郵局上班，聽說沒交過男朋友，感覺很乖的三十歲女生，認識大概一個月，約會過兩次。另一個是網路上的配對網站碰到的二十六歲的職員，二十六歲，不就是個妹阿嗎？

這個妹阿（我們兩個講好叫她滴ㄟ，台語的甜甜之意）跟阿白見面當天就去摩鐵開了房間，來往兩周後，說想跟他同居，不是網路上那種同居，是要住在一起，阿白當下選擇消失，電話不接，網站帳號取消重新登記一個。

「你肇事逃逸哦？坦白講清楚就好，幹嘛消失。」

「我消失就是一種訊號了，就是跟她講我不要啊。」

「訊號屁啦訊號！」我一向不把屁啊屎啊的放在嘴上（真屁假屁都一樣），但我對阿白破口大罵。「我幫你傳APP給她！」

「傳屁啦手機還我。」

「我傳一句話哪會害死你啊？」

阿白跟我炫耀過滴ㄟ的相片，所以很容易找到，我擅長拇指注音輸入，飛快傳了一句話：「對不起，我沒辦法跟上妳的進度，祝妳找到真心愛妳的人。」

傳好了，阿白大吼：「啊這意思不就是說我對她沒有真心愛？」

「現在沒在一起當然沒有了，再說你斷絕聯絡了還在那邊裝純情幹嘛？」

我把滴ㄟ的APP封鎖，手機號碼刪掉：「再聯絡也不過是炮友，我幫你刪。」

阿白被我說中，無語良久，才說：「其實我很想結婚，但每次跟女生在一起我就很怕，會一直想說，幹，跟這個我沒辦法一輩子。」

「我連找個男的約炮都做不到、你贏我很多了。」

「拜託約炮兩個字妳不要講好不好，很噁。」

我非常得意：「何止約泡，我還想去賣淫。我去萬華站壁好了，可以挑客。」

「賣淫妳也好意思講？你有沒有念過書啊妳。」阿白一臉很嫌我的樣子，「那邊沒妳的份啦。」

談到性工作者，我們的談話不過很低俗的停留在此，沒有任何社會責任感，阿白是很大男人的人，我想他習於否定女性跟他一樣有性慾，另一方面他又自私地把自己的性伴侶美化成感情對象，當對方要求感情回饋時，他才趕緊把對方降級為性對象，我對他的觀察殘忍且冷淡。但我仍把他視為朋友，他有時太沮喪了我也會認真說些話來安慰他。

「我朋友的朋友，真的存在的朋友不是都市傳說哦！在MSN上跟外國人聊了兩周對方就從義大利飛來了，他還是第一次搭飛機咧，然後兩人就結婚了，你看看，這種事都有啊！所以結婚完全是靠緣分！」我跟他說。

「我女兒的媽媽就跟我沒緣分哦？那她幹嘛幫我生小孩？她幹嘛不拿掉？」

哼哼。我覺得他完全不可理喻。

照理來說我沒辦法容忍這麼蠢的朋友，但我竟然容忍阿白講這些蠢話，我想人家說紅粉知己大概是這個意思，紅粉就是指異性，雖是異性，卻又不能接受與對方發生性關係，就變成知己了，所以我才願意跟阿白一起打發時間，聽聽他古怪又強詞奪理的人生意見。

「你以前的男朋友都是什麼樣子的？」

我沉吟很久沒開口。

「啊妳應該也要講一些給我聽吧？」

「好啦好啦我想想看。」

就這樣，我們說好要告訴彼此一些故事。因為他已經說了很多，所以我說了當時想到的第一件事。

在巴黎，有一次，我帶著行李，在Chatlet站等七號線，車來了，我及時把自己和行李弄上車，車門關上，隔著透明的車門，我才看見一頂灰藍、淺藍、深藍的交織的毛線帽，歪歪地塌軟搭在長凳的一角，彷彿隨時會落到骯髒的水泥地上，遭人踐踏。

巴黎地鐵線路龐大雜亂，要去稍遠的地方，就有好幾種轉車的辦法，在Chatlet站換線時，還得在地底下與眾人交錯行走許久，我拖著行李箱走到七號線的月台時已經渾身冒汗，不得不把頭上的絨線帽摘下來。帽子是我自己打的，原本也不是為了自己戴，想送給當時喜歡的人，挑了灰藍淺藍深藍色。對方看到我打這頂帽子時問，為什麼女生都要打毛線？

這句型過後也持續出現著，為什麼女生都要哭？為什麼女生做愛都要叫？

我深信他真正想問的對象，並不是所有女生，也不是我。我沒把那頂絨線帽送給他，天氣很快轉涼，帽沿編得很寬，常耷拉在我額前，像一種眼睛總被鬈毛蓋住的大狗。

在車內瞥見那頂絨線帽可憐兮兮地被忘在月台上，我心裡湧起好多感覺，彷彿看到很遠很遠以後，也許已經看到今天。車子開始移動，漆黑的玻璃映出我的倒影，我眨了眨眼睛，倒影也眨了眨眼睛。

車停下一站，我吃力地挪動腳步，將自己跟行李再度弄下車，車廂裡的男女乘客都有些不以為然。他們不知道我要做什麼，他們不知道我要立刻去對面月台等回頭車，不知道我要拿回那頂絨線帽。

「妳會打毛線哦？」

我點頭。

我沒說我超喜歡打毛線的，很享受打毛線的快樂，腦袋深處放鬆，單調重複的動作，就像畫圖和著色一樣療癒。我什麼都沒說，我只是一邊發出「嗯嗯」聲一邊在車裡喝著剛剛在麥當勞得來速外帶的大杯可樂。

「可是妳講的這個沒有什麼重點啊。」阿白邊開車邊吃扁扁的漢堡。天氣有點陰，公路一直延伸到很遠的深色天空裡。

另一次我跟阿白見面，是我要去IKEA買書櫃，阿白答應替我載書櫃回家，可是他說他不幫我組裝，因為男女授受不親，他不想走進我獨居的公寓，我覺得他這個原則很好，所以誇獎了他。男女之防、大也。其實我也受不了異性踏進我貸款還剩十五年才還得完的小公寓，除非這個異性是我喜歡的男人，否則我夜裡睡覺時心裡肯定會覺得家裡都被弄髒了。

我把這話照實說了，阿白卻又非常的不快，他可以嫌別人但又受不了別人嫌他，大概就是這個意思。

於是我在IKEA賣場裡跟他講了我跟我前男友的故事。

第一次接吻的時候，是在我租的單間公寓裡聊天，他努力不著痕跡地伸手摟著我，又因太努力而顯得笨拙，有些手足無措。

慾念散發着淡淡的味道，是種好味道，這味道讓我想接吻，吻或不吻只是幾公分的問題，我靜靜把額頭貼在他臉頰上，思考這短短的距離，他終於側過臉來，很輕很輕吻住我，彷彿受到催眠，我瞬間闔上雙眼，潛進了自己的內裡，用肌膚和口腔唇舌來看，花很多時間追逐彼此的奇想，時光遲緩又漫長，我在眼皮底下看見自己脈搏，閃過火和血特有的光熱，我在他嘴裡嘗到一股泥土味，很野氣又銳利的青草的苦。

等我重新睜開眼睛，才察覺自己一絲不掛地被他摟在懷裡，他拿掉纏在我腿間的內褲，於是我像一條被捉拿上岸的魚，貼在他身上彷彿趴在光滑的溪石上，只能輕拍著魚鰭和尾鰭，無力撲騰，我的四肢失去了行走取物的功能，重新學習如何蜷曲或蔓生，轉生成昆蟲的觸鬚、蠑螈尾巴和植物的莖蔓，他就是泥草或海岸或石塊。

很糟的部分是，他開始講話，吶吶說他有意避免發生這件事，他指的是接吻呢還是把我脫光呢，我默然任由他的吻落在自己的肩上，徘徊在可以做也可以不做的念頭上。

「妳們女生最討人厭的地方，」阿白說，「就是都親過嘴揉過奶脫光抱在一起了還可以不做！不舔，不摸，再把衣服全部穿好。」阿白頗有惱色。他把女生集合起來說成是「妳們」，令我感到驚喜。

以一種當事者獨有的義憤填膺，阿白說：「我最恨對方說不要。不要就不要，我也不是乞丐，還要別人施捨。拿什麼翹！」

我誠實解釋，其實我考慮的不過是沒保險套可用。

後來我才知道他當時身上有，只是不好意思說。

「沒想到會不好意思耶。你們。」

阿白一點也不在乎我把所有男性都混合成「你們」，很快地加入「你們女人」「我們男人」的話題。「你以為只有女生愛面子？男生就沒有自尊？很多女的兩性專家都把男生說成下體思考，我說不要在那邊三炮兩炮啦，那些專家都是沒人幹才會這樣講。」

我噗一聲笑出來，阿白的性資源理論漏洞百出，但放在他自己身上倒是很貼切適用。

「然後呢？妳講完啊。」

我們分別占據一張大躺椅，我仰頭在青蛙綠的單人沙發上伸懶腰。阿白則是不斷把那張米白色沙發的扶手往下調整，再往上調整，再往下調整。

我想了想才繼續說下去。

總之，當時我對他悄聲說，沒有保險套，他立刻離開我的身體，我頓時覺得空氣好涼好想趕緊穿衣服。

拉過薄被稍微遮掩，我窸窸窣窣地把內褲和T恤套在身上。

已經沒有車可以走了，他得留下一晚，曾經暫時消失過的手和腳，突然又重新回來，原來我的身體會跟著身上的衣物變形。他從我衣櫥裡找出一條毛毯，我趁機快跑到浴室，正要把門關上，轉身卻看見他擋在門口要拿毛巾，我的心差點就從嘴裡跳出來捧在毛巾上一起遞給他，剛剛才忘情舔吻過的身體，打了一個機靈，彷彿走過靜電的刺激，不知道是不是口水在乾燥的空氣裡乾掉，吻痕緊擰，變成痛了。

「痛跟爽有時候根本同一回事。」阿白評論。「痛習慣就變成爽。」

照這麼說，習慣總是好的、還會越來越好？

「習慣有好有壞啊。」

我沒反駁。我知道有些習慣會從你身上剝奪你，有的習慣則是讓你更像自己。

「妳在巴黎有習慣嗎？」

在巴黎，倒沒什麼不習慣的事，因為是異地，別人的地，每件事都算是新的，即使丟垃圾這件事，也變成一項新的體驗，把玻璃瓶擲到社區後面的綠色鐵箱去回收，豁啦一聲摔碎，知道有人聽見，有點復仇的快樂，因為常常也在夜裡聽見這樣的聲響，此時彷彿也回敬一杯。

徹夜都有人在窗下的那塊小空地談天說話，傳著酒瓶抽著菸，聽不懂也算好事，就當是開著收音機。我不明白的是，為什麼他們相聚談天總不厭膩，我以為是這社區窮，彼此的娛樂都比較落拓，後來聽一個西安來的千金說，她住的高級區段也是，資產階級的富裕年輕人，從夜店彼此簇擁著回家，仍是徹夜的聚眾一起喝酒抽菸，冗長的笑聲和談話，是他們最愛的娛樂，即便再正式的宴會，也不過換上好酒食穿上好衣服，宴會質地還是如此。

就是彼此侃著吧，中國北方來的爺們這麼說。

夏天天氣好的時候，大家都敞著窗，我有意無意中都看熟了，我最喜歡的一個是，有個黑女人的窗，她總摟著七、八歲的女兒一床睡，早晨起來先很親愛的吻著女兒的頭臉，有時也看到她斥責她，這種時候女兒也不哭，眼睛抬得高高的，說些傻話回嘴。睡房裡鋪了木頭地板，除了鮮綠和濃紫色的窗簾搶眼，也就是那張鐵製帶欄杆的單人床，鵝黃色被單，牆角有套上漆的桌椅，幾本書、紙、筆，水壺和茶杯也有，可除此之外，空無一物。

有個安靜的窗，比我的房間高出幾層，仰望可以看見陌生人走近了，兩個站在窗邊說些什麼，光的間隙，手的動作，這是一個藏謎的窗。

還有一個好學生的窗，說是好學生，因為白天要上課，夜裡又晚歸，我不是常常見到他，但眼看他桌上堆疊著好多書，又收拾了，過兩天，又是一桌的書，到了下午，又收拾了，這反覆的查閱書本，從圖書館搬運著圖書，以及對著電腦螢幕眼鏡上微微的反光，都是我對他最好的印象，他也有女朋友的，兩人擁吻時，他的毛絨絨大腿勾起女友的裙襬，卡在女友質地光潤的腰上，有點搞笑了。

住一小段時間後，好像在那建立了一個完整的檔案，以後想起來就只是那獨立完整的房間，比我身長更寬闊的敞窗，吱嘎吱嘎響的木製階梯，像粉黃色捲貝般無盡地向內旋轉，午後八點的明亮黃昏，四個數字組成的門鎖密碼……。

和這個獨特的樣本相較，台灣的日常生活倒一件一件的有了殊異之處，台灣的雞蛋殼特別薄，生蛋敲碎後蛋黃蛋清整包淌出來，蛋殼輕得好像仿冒之物。

我坦白對阿白說，巴黎很好，但我不好，當時不該談戀愛的，巴黎也待不下去了。

「妳跟那個男的到底怎樣啦？」

我原本懷疑自己怎麼能和他在同一張床上各自入睡，然而那夜我卻感覺身體疲倦沉重，接著就像鉛錘一樣的筆直沉入海中，酣眠在意識的底層，只有微微的飄過一絲「唉呀」的感嘆，接著就無力抗拒的睡著了。

隔天是個晴天，在日照充足的房間裡醒來，他已經不在房裡，沒有任何痕跡留下來。

「他不喜歡妳啦。」

阿白嚴肅地說。

我也相信他是不太喜歡我，即使過後我們還是做愛了，交往了，但那初吻一夜的記憶卻比初次性交還深刻，我深刻記得他說了那些抗拒的話，即使我不想聽的。

「其實妳沒有很醜啦，還是有幾分姿色。」

阿白後來有刻意跟我這麼說過。我沒有笑。他也沒有。

和郵局職員約會，是阿白對神聖婚姻膜拜的儀式，和那個搞不好會結婚的女生見面吃飯，他不會唧唧歪歪說很難停車，不會叫對方自己去電影院碰面，他承認他相信對方還有處子之身，也抱著許多奇妙又離奇的想像，擔憂突破處女膜的那一刻，他是否會突然渾身極樂，滿室生光。

他們約會總是晚飯電影、電影晚飯反覆地發生，近來好萊塢片比較少，偶爾也看看印度歌舞片或國片，吃過串燒、牛排、義大利麵、蛋包咖哩飯等等等等。

有一天很晚了阿白打電話給我，我半醒未醒，整個人變得很慢很慢，說一句話要說很久、分成幾段才能說完，自己都覺得好像醉酒似的，怎麼都醒不過來。

後來就漸漸有一點醒了，阿白說，那個女生的前男友劈腿，現在回來跟她求婚了，她要嫁給別人，我說：「啊？怎麼……她有……她有交過男朋友的嗎？」

原來她根本不是處女，她只是家教太嚴，父母家人都以為她年屆三十乏人問津。阿白抱得處女歸的小小夢想就此破滅了，而且這幾個月來規律的每周一次電影吃飯、吃飯電影連手都沒牽過，也讓他感覺自己是個專門開車、買票、付錢的車手。我比較清醒了，問，什麼是車手？

「就是搶銀行的時候開車在外面等的那個叫做車手。」

唉啊什麼跟什麼，這又是另一個愚蠢的夢嗎……我不記得談話是怎麼結束的，總之我就把電話掛斷了又沉入了夢鄉。

後來我們變得常常在夜裡通電話。

人要是躺著講話，聲音會有點不一樣，有次我問他知不知道「當哈利碰上莎莉」還是「莎莉碰上哈利」這部片，他一無所知，我大略講了下情節給他聽，他聽完沉默半晌，才不太高興、慢吞吞的說：「妳是在暗示我會跟妳在一起嗎？」

「哼。」我冷哼，「你是車手。」

他也回哼了一聲，很不屑似的。

但他也還是有一搭沒一搭跟我打電話，他又回網路交友了，有時約女生出來吃飯。他女兒說是班上倒數第三的矮個子，只贏了兩個猴子般的瘦男生，女兒有一點傷心，要靠他認真安慰。

我跟他說那次聯誼認識的人最近紛紛跟我聯絡，想想都隔了一個夏天，現在多冷啊現在，大概他們試過排名在我前面的四十九個女生以後，終於絕望到來找我了。阿白說他討厭我講這種話，「其實又不好笑。」

哼，我這人不知有多幽默。

我們對彼此有時會很厭倦，好像多了一個討厭的手足。

阿白說，除了他自己的一個異母姊姊之外，他沒有跟其他女生講過那麼多話了，他是父母的獨生子，但他父親曾有另一段婚姻，因此他有個異母姊，異母姊姊嫁在彰化，還替他帶過女兒，雖然分隔兩地，但姊弟倆感情還是不錯的。只是礙著阿白姊姊也有夫家跟小孩要照顧，不太可能密切來往。

「那你跟你以前的女朋友呢？你們都不講話？」

阿白講了很多理由來跟我解釋（我覺得是跟他自己解釋）他為什麼跟女朋友無法親近，但我專斷的認為，一切都受性慾所限，隔著慾望幾乎什麼都看不見，也沒辦法真正認清對方，我這想法或許就和阿白的性資源理論一樣偏頗。可是也都相當合理。

過完年天氣漸漸溫暖一些。阿白有一次跟他女朋友和我一起吃飯。這個女朋友我們在電話裡叫她麵麵，我沒想到麵麵會出現眼前，感覺萬分惶恐，我之前自以為是跟阿白無恥地在電話中議論分析她為什麼說那句話、為什麼說這句話，我對不起麵麵。

麵麵跟阿白同居後，我們就沒什麼機會講電話了，阿白打算等暑假一到就把女兒接到台北，開始替她物色附近的小學，阿白還反覆跟我說，對小孩講話絕對不能沒大沒小，這叮嚀不是白叮嚀了嗎？論大小當然是我大、他女兒小，什麼東西。

我發現自己懷孕前，還跟阿白、麵麵在夜市吃過一次三種冰，吃了麥角，聽說是會滑胎的，但後來產檢一切正常，我覺得小孩跟我都很幸運。

阿白對於我閃電結婚這件事倒很樂見其成，還說了些不得體的話，譬如「妳真的很不錯」、「妳算有幾分姿色」等等，但他對於我沒把我跟我丈夫之間的一切坦白相告似乎仍有些不快。

「你幹嘛不去打 0204？」

「現在哪有 0204？而且我又不是要聽什麼、幹、妳很下流。」

「我怕講了你會自卑。」

「幹！最好是。」

「你真的會自卑。」

「屁啦。」

丈夫跟我正在阿白家附近尋覓住處，主要是他們的學區不錯。想到我生了孩子還得跟車手阿白周旋，就覺得人生充滿挑戰。

——本文獲二〇一三年第十五屆台北文學獎小說評審獎

入選《九歌一〇二年小說獎》

一天的收穫

大樓裡有六台電梯，警衛幫忙刷卡開門的時候，特別指了最後一台，說：「貨梯。」其實算不上貨梯，只是電梯三面都用保麗龍塊和薄木板貼起來，免得運貨時刮壞，他跟小李側過身，扛著貨往電梯裡擠了又擠，警衛問：「不放下來？」他們根本不作聲，氣一散就難了，兩人悶著頭又穩住腿腳往裡鑽，這次電梯門順利關上，終於可以上樓了。

走的時候，他注意到，社區公告欄上貼出了「社區大型垃圾棄置要點」。

小李在大道旁放他下車，幽靜住宅區在石板縫裡鋪著卵石，標榜是日式庭園，新種上的樹被削剪得慘，不及開枝散葉就迎來了夏天，有些就此乾枯，不甘就死的，羽狀的新葉直接從銀白色的樹幹上抽生出來。明亮的黃昏裡，他沿著寬敞的庭園走過摻了玻璃粉的柏油路面，越過一批低矮陰暗的樓仔厝，鑽進舊巷底。

這地方是年後才匆匆找到，也住了快半年，二房東是個瘦長扁臉的年輕男人，說那間房漏水，上一個房客搬了。加蓋出來的屋房很畸零，抽水馬桶跟淋浴的衛生間是鐵皮蓋起來的，獨立在陽台一角，浴廁間裝的是塑膠層板和牽電的簡易熱水器，大概在五金大賣場買的，天冷時夜半出來拉尿很吃不消。

陽台空闊，光裸的水泥地，圍牆很矮，站在邊上看有些嚇人，七八盆花草是老屋主種的，老屋主晨昏都來，每次晴天上工前就見到盆土已濕，枝葉剪擇照料過，地上一片落葉也沒有。雨天時盆栽又被搬動，藏在屋簷下，扁臉男討厭屋主任意出入，其實陽台也沒上鎖，住戶都上得來，他不介意，也是對這臨時的住所沒有多少私人感覺。

裡頭潦草用板壁隔間，兩個住房隔著走廊門對門，豆綠色大塊的瓷磚地板，下大雨時，走廊跟他房間那道牆兩邊都滲水，床墊直接擺在地上，第一次浸到水就黴了。這地方哪有女人肯來。他看房時就這麼想，現在也是這麼想。

爬完五層樓到天台，在狹窄的樓梯間打開了天台的鐵門，這排公寓背對著後頭的排水溝和荒地，自陽台看去，天地邊緣的杏色正在消融，天光走得飛快，只留一層淡淡青暈，荒僻的城市邊上，綴著一兩點星星，地氣暖暖地蒸騰上來，曬了一整天的水泥地也滾燙地噴吐著熱氣。

他先脫了衣服鞋襪，灰藍色的制服外套，白汗衫，粗布牛仔褲，先進淋浴間沖澡，水在水管裡曬足了，一開就是溫熱的，開大港水沖淋一陣，才沁涼起來。他洗頭洗臉洗身軀都是一塊麗仕香皂，頭髮剃得短短，短髮一根根像板刷一樣挺一樣扎人，鬢角飛白上來，他也不以為意，就是胯下的東西，真是麻煩，他把下頭翻洗乾淨，那傢伙也不看時機，兀自精神起來，他不理，照舊光著身走出淋浴間，不怕人看，四鄰都是灰黑水泥壁，裂痕裡就是紅磚，淋浴間頂上勾著一根橫竹竿，扁臉男的子彈內褲和汗衫晾著不收，他則是一條大毛巾和四角褲。這裡沒有洗衣機，只有脫水機，洗衣不難，大桶清水倒一點洗衣粉進去踩踩搓搓算洗過，天冷的時候也去過路邊的投幣式洗衣店。

他先把乾燥的毛巾從竿上剝下，粉塵紛紛，先擦頭臉、隨意在身上搵兩下，毛巾一碰水，很快就稀軟下來，纖維虛了。

扁臉的男人好像在又像不在，先前說是要考研究所，平日不知在做什麼，他對學問是尊敬的，又覺得是很遠的事，敬而遠之啦。

「沒考上，」扁臉的年輕人有天跟他說，「以後我要國軍尢賴了。」

他不是不識外國字，也有在on line，只是很多講法他不是很了解。

擦過身軀，毛巾照樣晾上，回屋裡開了電風扇，地上的床墊雖搬出去曬過幾次，後來還是有發酵味，有點甜甜的。天擦黑了，熱浪反而滾滾瀰漫上來，他又走到陽台納涼，街邊的路燈夠亮，他四角褲已經穿上，身上瘦，倒都是筋肉，晚風徐徐，要在戒菸前還能抽幾根消遣，現在只能滑手機了。

他菸戒得很快，幾十年菸槍，也就不抽了，小李問他是怎麼戒的，他沒說是某個夜裡，他吃過米粉湯站在路邊抽菸，有個頭髮結塊渾身發臭的赤腳男人走來用手勢跟他討菸抽，他抖抖菸盒，裡頭就剩下兩根，心想也好，一人一根抽完它。誰知那個男人把兩根菸都取走，然後放了一個十元硬幣到他手裡，他愣了愣，本能地掏出打火機要替對方點上，對方搖頭，只是很珍惜地把兩根紙菸輕攏在手裡彷彿掌心藏著一隻小麻雀。

他想了想便把打火機給了對方。

兩根菸收十塊錢未免太黑心，追加一支賴打。

後來那個晚上他有幾次都已經轉進便利店要買菸了，一數出手上那十塊錢，便又改了想法，此後就不抽了，不知那個用十塊錢跟他買菸的街友現在抽什麼牌子。

他的手機是三星的，螢幕寬，好滑，他喜歡跟女生聊天，有些交友軟體，只要拿手機起來搖就可以看到附近會員的照片，他會避開酒店小姐傳播妹的檔案，雖然說照片比較多比較美，但她們哎來哎去就是要撩你出來買茶而已，不光是怕麻煩或怕花錢，其實是，沒有那麼想。他跟老查某說，男人到了一個年紀就不必聽下面的東西使喚了，現在都是Kimochi問題，心裡爽比較要緊，也可以爽比較久，他只想跟哪個女的隨便講講話，老查某嗤笑他，既然只是講話，男的女的又有什麼差？他想了一下說，男的沒關係，但要讓他以為那是個女的才可以。

老查某白了他一眼。

他很快跟一個小女生說上話，小女生感情出問題，他自願當聽眾，小女生說，第一個男友愛吃醋，發現她還跟以前的乾哥過夜所以分了；跟第二個男朋友曖昧的時候被他當時的女友發現，撕破臉就在臉書上對罵，後來交往不久自己又跟第三個男友陷入情網，把第二個男友傷得很深……

他已經跟不上事情的發展，只回著各種貼圖。老查某傳訊問他代買的酒到了，什麼時候喝，跟老查某拉了幾句垃圾話，剛剛認真在講感情事的女生已經又寫了一大堆，他沒耐性看下去，想著老查某的酒，穿上衣服就趕快騎機車去買老查某喜歡的那攤滷味，繞去店裡已經快八點，真的餓了。

老查某跟他一樣剃平頭，纖細的穿著女式白汗衫跟窄管牛仔褲，略鬆皺的頸肉裡閃出絕細的一條金鍊，聲線粗啞。

他常覺得老查某像是練了什麼神功，不是葵花寶典，人家那副寶貝好好的，老查某是已經練出了精神上的一個好屄，就藏在老查某精神上的女體裡。

老查某的 Club 開在某商業大樓裡，內裝很像一般小酒店，有卡拉 O K 可以唱，幾套沙發、厚簾隔間的包廂，加一個吧台，老查某以前的幾任相好都是日本人，店裡也以日本客居多。時間尚早，客人還沒來，店裡的公關圍在吧台喝啤酒打鬧，看他來了紛紛笑嘻嘻來問好，叫堯哥，老查某幾下就把男孩噓走，帶他到裡面的小辦公室喝高粱吃滷菜。

「現在這幾個真的很難管教，大粒仔還偷偷陪客人去泡溫泉。我氣到兩天不想跟他講話，看到他就厭。」

哪個不是這樣？他把 line 上小女生的感情煩惱給老查某看，老查某看得掩嘴吃吃笑，「現在大家很 open，也不用談感情來騙身體，還是以前好，好想被騙哦，那才叫有 quality 有沒有？好好燒幹一次可以回想一輩子的那種。」

老查某嘴角翹起，笑嘻嘻抖落菸灰，手勢俐落得很美，客人慢慢來了，板壁那邊傳出歌聲笑聲，夜生活才要開始，老查某伸長腳腿，仰頭吁出一團煙霧：「你跟阿芬的事情還沒談好？」

他嘿然無語，自阿芬家搬出來以後，他沒再見過她，甚至在line上講兩句也會煩起來，阿芬叫他把話講清楚，但其實他只想拜託她，停！Stop！

但要怎麼停下來？

大概人啊生來就是敗壞，煞車不住。

他跟阿芬相識以來，阿芬給他帶來的感覺是從來沒有過的，阿芬是他三十六歲才遇見的初戀，那時她和前夫剛分居，後來她離婚離得拖拉，又掛心前夫搶走的孩子，十年來，感情填貼出清，已然見骨。

老查某在積滿的菸灰缸裡熄掉菸頭：「要不是阿芬、我們也不會認識。」

相識之初，他追阿芬追得好熱，阿芬帶他到老查某的店裡玩，他唱了一首老歌，老查某直說好好聽哦，還跟阿芬說，這個妳不要就歸我囉。

往事一一浮上心頭，都那麼近、像昨天。他久久說不出話，想了半天，才說，不用談了，其實阿芬心裡也清楚。

老查某只是點點頭，說：「好久沒聽你唱歌了。」

他無言地喝著，途中老查某出去招呼客人，不多時他已經在沙發上睡倒了，醒來看時間過了三點，身上有條毯子。推開辦公室的門，外頭正熱鬧，坐在席間的老查某正在陪客人聊天，卻仍一下子就捉住他張望的目光，遠遠睨他一眼。

他先跟負責管帳、比較老成的那個男孩還了酒錢，其他幾個男孩卻不顧死活攔上來勸酒，連半醉的客人也起鬨來跟他敬酒。

阿芬第一次拿掉他的孩子時，跟前夫還沒正式離婚，他又心疼又慚愧，暗暗立誓要愛惜她一世人，阿芬離婚後，說不想再結婚，他也同意，只是漸漸也想要孩子了。有幾年他不太開心，怪自己無用，錢也沒有，阿芬不打算生，他不怪她，等他發現時才知道，她又暗自拿過、還做了結紮。

吵到最後，阿芬的黑髮汗濕黏在臉上，雙眼斜吊，像鬼，她厲聲承認她是為了前頭的孩子著想，再生，要怎麼對他們交代。

他吼她：「我四十六歲了，四十六歲！」

十年。

想到這裡他就很恨，不嫁給他，卻要他乖乖作伴，不生孩子，那之前幫別人生的又算什麼？他懷疑阿芬畢竟還是不愛自己的，可能還是那個花心的醫生前夫才真正擁有過阿芬的心。

阿芬叫他不要把她當成只會生養的母豬。
我會跟母豬相幹嗎？會替母豬舔嗎？
阿芬努力對他好，要他把其他的可能忘了，原本就計畫不生，不如就當做他們從沒懷上過，但他怎麼可能這麼簡單的、這麼簡單的——
他很想好好寫一封信告訴她，為什麼他沒辦法跟她過日子，可是從來都沒寫出來過。他在騎車、在吃飯、在街上走路的時候，在各種時候，他都會突然分心想到那封沒有寫出來的信，那些話就在嘴邊，甚至好想抓起任何一個人大聲說出來，但從來不是他拿著筆對著桌上白紙的時候，不是在手機上摸索著注音按鍵的時候。然後現在，他又想把現在寫到信裡，因為酒意未退，因為十年前他們來過這裡，他要從最前頭開始，從「親愛的阿芬」，或只是從「阿芬」開始……
醉酒的客人趁醉上來摟著他，老查某擰著那人笑罵兩句，又指定要他唱首歌。
他唱歌時，台下兩三對臨時結成的情人摟腰抱肩，這些男人還在情場奔騰，火花四濺，有一剎那，他對人生的情意也同樣綿綿，甘願配唱。
酒散了，出來時他騎得特別慢，繞些巷子蜿蜒到白天送貨的那個社區，後面垃圾放置場是開放式的，從花園進去直通垃圾場，有隻虎斑貓沒入白花點點的茉莉樹叢，天才剛亮，路上靜，他腳步輕快如重回年少，在淡淡的酸臭味裡巡梭。

垃圾場很有條理，分類回收，尚有價值的東西都被挑起來了，收音機、電子鍋等雜物端正地擺在一起，幾乎像一份家當，其中赫見一個女人頭，他先是一驚，很快地認出是做髮型用的假頭，卻又多看了一眼，女人頭上綁著黃布條，用簽字筆寫著「退回服貿」，他不禁對「她」一笑，來得苦澀。

轉了兩圈，幾乎有點起疑了，他才突然發現垃圾場後面的鐵柵門可以拉開，往裡頭一看，小小的露天廣場上真的堆滿了大型垃圾，從舊冰箱、皮沙發到咖啡桌都有，他看中的是一套藤編的長椅，擺在陽台上乘涼多愜意，還有一張圓的玻璃茶几，小小的。正當他把看中的東西慢慢移到路邊時，小李倒已經開貨車來了。

小李這次把車屁股退進巷口，把他連機車、藤編椅跟茶几一起卸下，小李自己搬了一套幾近全新的沙發：「有錢人不要，我們當寶。」

他扛了藤椅上樓，雖然夜裡只睡了幾個小時，可是心情很興奮，天全亮了，空氣裡的水氣、植物氣味都很新鮮，第二趟搬茶几的時候，有個女的拎著剛買的早餐走在他身後，他一身汗，瞥見那女人裸露的頸子和胳臂上也蒙著汗氣。

「搬家啊？」她問。

他嗯一聲，茶几比較沉，玻璃很厚，走到四樓要上五樓的地方，那女的收回剛掏出的鑰匙，多看了他一眼：「我幫你開門。」

她繞到他身前拾級而上，他脖頸裡抵著茶几的桌面，視線所及只是她草仔色的連身裙下一雙勻稱結實的小腿。

她把半掩的鐵門拉開，他又嗯一聲算道謝了，把茶几擺到藤椅前，今天屋主是把盆栽拉到日照錯落的簷下，恰好點綴。女人站在門邊說，「好看耶，跟外面的咖啡店一樣。」

他也喜孜孜地，轉開水喉擰了破毛巾，擦起椅上的灰塵。

「都是撿來的。沒人要。」

女的說：「有時路邊看到很好的家具，也沒壞，想搬，又搬不動。」

他大起膽子打量她，不過三十出頭吧，紮著馬尾，淺棕膚色，笑起來還滿可愛的。

「可以找我，我專家啊。我在貨運公司的。要搬什麼，我幫妳。」

「好啊，電話借一下。」

他雖是一愣，倒很快把手機遞上，女人輸入一串號碼，撥響了自己的手機才還他，聯絡人已經都存好了。

「秀怡？」

「嗯，你名字呢？」

「阿堯，堯舜的堯。」

「我是第一次上來耶。」秀怡舉起手機，往天空、往屋後的野地一一瞄準，按下快門。那後頭他去過一次，為了去撿被風吹下去的衣物，排水溝底雖也雜有可樂罐、破腳踏車，溝裡的流水卻意外的清澈，溝底和兩旁的渠壁都生長著一層柔軟絲狀的水草，透過水面可看見綠絨在水流裡纏捲著一顆顆盈亮的氣泡，幽靜地在水下閃閃生光。

「我可不可以在這邊吃早餐？這裡有風，又涼。」

「可是……我要洗澡。」他囁嚅。

「啊？」

「這邊。」他指著一旁的淋浴間給她看，又含糊地說，「妳要吃早餐就吃，我洗澡了。」他說完，回屋裡抓汗衫短褲出來，也不看她，趕緊往狹窄的浴廁間鑽去。

經過一夜而冰涼的水直接在他頭上沖淋，他摸索著身體，慚愧又失望，怪自己還有二十歲的心，卻更在意秀怡——這個名字真好——秀怡就在外頭坐著，他卻脫光了在這裡，四十瓦燈泡下，他從那塊缺角的圓鏡裡看見自己稍帶浮腫的臉皮，輕聲咒罵，誰看得上這張老臉？他撇開雜念，落力洗完澡，身上水漬就用剛脫下的外衣擦乾，穿上短褲汗衫，下面的東西很安分，跟他的心跑兩個不同的方向，他倒是聽著自己的血液回流，果斷開了門，搓紅的皮膚迎著風，毛孔收縮，身上很涼，臉上卻又是辣辣的。

秀怡就窩在那長藤椅的一角，就著茶几吃她的飯糰，專心調弄著手機，嘴裡一嚼一嚼的，幾乎像個在路旁等車的學生，不相干的。

他心裡不知哪裡鬆弛了下來：「我進去了，妳隨意。」

「好……。」

她把好字拖長了，也像個漫不經心的學生。

回到房裡，被熟悉的淡淡甜味包圍，把待洗的衣物扔進洗衣簍，拉開電風扇，脫去上衣，就穿著一條四角褲枕在自己的手臂上，閉上眼，沒開燈的房間，只有不時飄動的窗簾掀著一波一波光影，眼皮裡暗的亮的光，浪潮似的起落。

他心裡照例浮起那封一直想寫卻沒寫成的信，乖乖地又從信的開頭重新思量。

阿芬，點兩點，我不怪妳，真的。我已經釋懷了。我們之間，一開始就注定沒結果。幸好我們沒結婚，也沒孩子。留在妳家的東西，全部隨妳處置，我們也不必再見面了。妳要好好過。阿堯。

真正落入夢鄉前，信就寫完了，這是第一次，他真的該睡了。

——本文獲二〇一四年第三十七屆《中國時報》文學獎小說評審獎入選《九歌一〇三年小說獎》

阿煥

「你先想想、先想想再說。」

有人一再提醒阿煥，要好好想想。其實阿煥不習慣想什麼，很多時候只是一些微小的瑣事從心上浮起。

四顧虛空，回過神阿煥才發現自己還在這裡。

他剛吃過一頓，米飯味道淡淡的，那溫吞的滋味竟強過其他配菜，在他嘴裡殘留著。

「想一想，再想清楚點。」

回憶很輕，飛來落在後頸上。

車廂裡，日本太太們壓抑著興奮，急促交換意見，笑聲裡有一點緊張感，本地人的話說得大聲，微有醉意，金髮藍眼的背包客夫婦讓孩子都背好小包、穿好外套，像一組過家家的娃娃。滿臉雀斑的歐洲女人似乎自出生就包裹在剪裁合身的套裝裡，溫柔大眼只盯著平板電腦。

阿煥沒從玻璃反影裡認出自己，直到電車離站、雪後的大太陽照亮車廂。

念書時，人人認得阿煥，他左眼上繞著塊巴掌大的鮮紅色斑，形似豬肝，家裡還特別窮。

阿煥每年都領清寒獎助金，中午吃的營養午餐，他只有國一上跟高二下這兩個學期沒排進那張免費名單裡。

一年總有好幾次，校內的清寒學生會被不同的名目組織起來，被送去聽音樂會、吃大餐、看免費電影，免不了有西裝閃出緞紋的男人、腰身窈窕如少女的太太伸手撫開他的頭髮，讓整片色斑露出來，他的臉孔那樣醒目。有時一個孤兒院女孩會搶去焦點，她得了色素增生症，雪白的小臉上滿是黑痣，一看到那星圖般的黑痣，阿煥就手腳發冷，她是阿煥活生生的噩夢，怕臉上的紅斑也分裂繁殖，群生群聚。

「還不讓個位置給主任。」有個男人用標標準準的國語在他耳邊催促，又嘴角含笑用主播口吻說：「主任快來這裡給我們壓陣，記者都在等。」

過後，乾巴巴地指揮跟他一樣文雅整潔的男人：「X議員的助理也來了，把Y議員的助理帶旁邊一點。」一穿著黃色助選背心的年輕男人跟某主任滿面笑容擠入前排。阿煥認得所有議員的名字和臉孔，每年他都蹲坐在父親開的板車上，沿街去拆選舉季節的布條和旗竿回來賣錢。

活動完老師又送大家回去，只送到巷口。

「老師再見。」

「回家小心。」

沿路的低矮房子，也不是只有平房，但開了門就是一窟窿黑，修五金的敞著家門，坐在小檯燈底下，在兩個膝蓋間做手藝，髒汙的腳趾踏緊幾只螺絲釘，嘴上抿著一只螺帽，身後是垛滿的半屋雜物，舊電扇、笨重收音機、腳踏車的後輪，通往二樓的階梯只是水泥抹就，急遽傾斜，消失在低矮的天花板裡。

這裡生活條件差，倒沒人比阿煥窮。同學裡也有跟他同一個區長大的，最要好的陸斗。陸斗家裡小孩多，食指繁浩。兩人要好起來，大概是小學中年級一起排隊上學的事，因應失蹤兒童問題，學校規定上下學要排路隊，要點名集合，不過也是三分鐘熱度，很快不了了之。至今，阿煥看尋人海報都隱約在找一個誰，也許是找自己，民國七十二年失蹤的孩子，若仍在世，已經四十多歲。

陸斗本來就跟阿煥同班，他成績好，不太說話，備受師長誇獎。這是件怪事，為什麼一個安靜的小孩會受到那麼多獎譽？陸斗大約早早想通了這個問題，於是一路受周圍的誇讚長大，不跑不跳不吵不鬧。至於阿煥，他臉上的紅斑與襤褸的校服這麼礙眼（教師聚在走廊，有人侃侃而談：總之觀感很不好、很不舒服，讓他離別的小朋友遠一點。）

阿煥也安靜，是種假死狀態，能憋就憋著。

陸斗跟阿煥說的話其實也沒什麼重要的，一天排路隊時，突然想起來似的：「昨天下午，賣爆米香的人來了。」

賣爆米香的是個重要的人。阿煥很放在心上。過了很久，才說，「好像會再來的。」

陸斗點頭，兩人達成了共識。

（他們導師在陸斗的周記上寫：主動關心學習有困難的同學，是件好事，但還要小心別染上壞習慣。阿煥的周記上沒別的，只畫了紅圈。）

阿煥家沒有電視，陸斗每周都給他講星期天晚上的天龍八部演了多少情節，阿煥一邊聽一邊糾正，他在租書店的店頭站著看過金庸的天龍八部，書不坐下來讀就不必給錢，一本拆成好幾小冊，用厚紙板裝訂起來，看一本三塊。不管阿煥怎麼糾正，陸斗有段日子都以為《鹿鼎記》裡的雙兒是對雙胞胎。過了四十歲在候診室等著檢查攝護腺時才看了《射鵰英雄傳》，過後急著把找得到的金庸小說看完，左右兩眼突然都近視了，陸斗臉書的個人頭貼是老婆跟兩個孩子的合照，發文很掉書袋，說，老之將至（而攝護腺肥大非常）。阿煥給他按讚。

做完功課兩人就在路邊玩厚紙板剪成的象棋（棋盤畫在一個拆開的紙盒背面），陸斗的大弟在旁鬼叫，他雖也上了一年的學，卻好像還不大識字，幾度在棋盤邊張望，分心去吐口水淹螞蟻，回來眼巴巴問阿煥：「你看過死人嗎？」

「沒有。」

又用手指圈著自己的眼睛問：「你那個，是不是陰陽眼？」

安靜的陸斗便一巴掌把他弟搧到地上。

阿煥家在社區最底，跟殯儀館只隔著一條大排水溝，水溝兩旁細細長出花草，隔著水流參差綿延，像場漫無邊際的對話，直至溝水瀉入暗渠，野草突然連成一片。

在東大門批貨時，落雪了，他仰頭在錯落的招牌鐵架間看見積雲掩蓋的天空，雪是哪裡來的？極目而望，只有雪與雪的間隙，墨色的積雲。

東大門商場裡，每一道鐵捲門後頭，都是頂到天花板、塞在厚塑膠袋裡的衣物，從工廠裡一綑一綑送來的，大供應商不願為了區區一點收入把貨拆開，小盤商放貨便宜，但東西不出色，類似的印花衣裙，若是拼接處齊整、藏好摺口的，可以往上翻兩倍價。

走熟了，人人認得阿煥，或者說，認得那塊胎記。他們叫他「布溫打」，末尾的那個打字，有些女人會輕咬著不放，咬過一陣，才放出那個彈跳的尾音。

都是些好女人。

可惜她們不會攤上他，攤上他的，他又捉不住。

這天批好的貨暫時放在一個姓安的人家，姓安的叫人開車兜他往漢江，在舊倉庫暫住幾天，下車後走一段坡道起伏的路，積雪已經被剷到道路兩邊，行人落腳踏成的水窪結凍後，不再透明。

阿煥把地址收在衣袋裡，打算等碰到麵店或小飯館再問路，他不冷，走得一頭汗氣升騰，趁著路上送外賣的老頭迎面騎車而來，阿煥攔下他，請對方認紙條上的字跡。

「六號番地。很近。」

送外賣的不講漢語，卻在外送單上給他秀了一筆精采的漢字，附簡圖。

老安跟他提過，舊倉庫已借住了一個老友，沒說是誰，太陽很快落到地平線邊緣，街燈都亮了，他終於在天黑前找到舊倉庫所在，一個高壯男人來應門，白膚黑髭，典型的高麗棒子，他結結巴巴英韓混雜地說明來意，對方卻摸著唇邊的鬍髭說：「知道了，你台灣人吧？我也是。我姓元。」

元的手機響了，iPhone plus 在他的掌上只是個小小玩意。他一邊講英語一邊對阿煥示意：「老安打來的。」

老安是阿煥在澳洲的二房東，阿煥找事時，有兩個選擇，屠宰場打下手的雜工，洗衣廠打下手的雜工。他選了熨衣服，輪三班，古舊的大蒸汽熨斗纏著管線，拉下來哧拉一聲，接著呼呼大響，起初他下了工也聽見脫水機旋轉的噪音，是直升機要起飛了的龐德電影，但直升機只是欲飛不飛，在基地上空盤旋，耳鳴到疼痛，後來不知是好了還是習慣了，站著操作機器，腿上青筋很快糾扎成團，他不高不矮不胖，腿卻是特別瘦，血管浮突，爸爸也是，爸爸腿腳很弱。

老安在做一切想得到、想不到的生意，他給阿煥弄來不用錢的手機、盜版無碼DVD、能同時電擊跟播放音樂的防身器，阿煥沒想要，可老安持續提供，最後老安還要提供他的外甥女兒「雲嫩」給阿煥做老婆，保證在室，阿煥羞怯焦灼，在夜裡偷偷猜想比自己大上幾歲、五官扁平如一只白襪的雲嫩。

等雲嫩的處女肚子在眾人眼前慎重而莊嚴地隆起時，孩子都快足月了。老安與安大姐彷彿遭人毒啞，想不起該怎麼辦才好，某個星期天早上，雲嫩挺著大肚收拾了行李，一個滿臉雀斑、下顎壯實的藍眼女人開車來接她走，那張臉彷彿關上的門，擰不出什麼情緒，冰藍眼睛定定的。洋女人把雲嫩的行李接過、送入後車廂，才正眼看著一臉惘惘的雲嫩，兩人像是被彼此目光催眠般上前輕輕擁抱，白女人在雲嫩的腰上托了一把，讓她安穩坐進車廂，駕駛座上的白女人仍緊繃著下顎，雲嫩的側臉卻是很恬靜的，像是幸福。

後來兩個老人攀著門只顧講高麗話，雲嫩的妹妹們閉門不出，阿煥隔著地下室的角窗看著這一切動靜，生命在角窗外，與他無關。

（他在屋裡哭完了一個難得的假日。）

元大手一拍，原來他們兩人同年，元是小留學生，國小畢業就被送到雪梨，念大學時常常跟老安買大麻和各種稀奇古怪的東西，包括一台專門冷藏泡菜的冰箱，泡菜是雲嫩與妹妹們親手炮製的。

「你在雪梨幹嘛？」

「洗衣服。」

元哈哈大笑，阿煥對他的反應感到不好意思，也有些快樂，到埠那天，天還沒黑，他已經住進了老安的地下室，不可思議，都安頓好了，洗衣廠的住址也在手上，隔日上工，老安給他安排的，那天吃的熱狗夾麵包，黃綠色的芥末醬還嗆在鼻子眼裡，地下室的角窗比外頭的路面略高，可清楚看到對街的披薩店，收音機播的歌曲反覆的唱，「紐約，紐約」。後來住久了，厭煩街上的車聲人聲傳到地下室，把角窗關了，聽起來也仍是永遠嗡嗡鬧鬧，夾著音樂聲。

老安開雜貨店，接了一支亞洲的契約電話，基本上開放給所有亞洲學生打免費電話，一天到晚都有人在排隊打電話。韓日陸台港都有。

在打工群中口耳相傳，說某公園有某樹，樹下能收到wifi，阿煥抱著出國前才買的筆電去了，碧草如茵，那株大樹獨自占據起落平緩的小丘，別無對手，枝葉舒展如雲靄，樹下三三兩兩都是在膝上操作筆電的年輕東方人，阿煥找了個地方坐下，電腦已經自動連線，連線狀態、良好。

過了半年老安在店裡也弄了wifi，地下室關起門收不到，若打開門把筆電擱在階梯上連線倒是很不錯。阿煥就沒再去樹下連線了。

後來好萊塢拍了《阿凡達》，阿煥常思想起那株大樹：連線狀態、良好。

洗衣廠外是個巨型平面停車場，幾百輛汽車沐浴在斜陽下，閃閃發光。廠裡同樣來打工的台灣大學生，賺了錢就買機票去跳傘、潛水，也有人去當地的賭場開眼界，還有被代辦公司騙的，幾個男女學生只能住拖車屋，或住很糟的汽車旅館。阿煥默默旁觀他們自己的各種糾葛：情感發展、謠言妒恨、反目撕破臉。連這個他也羨慕，卻因為自己年紀大了幾歲，學歷低，不好看，所以他下班還是回地下室洗自己的衣服，少交際少花錢，他打定主意，存了錢，回台灣要做生意，要當老闆。

「當老闆是你的夢，不是嗎？」打工度假的台灣學生彼此約定要講英文，於是在工廠閒聊時大家就字斟句酌，講正確的英文，不要急起來光是一直噴單字。

「是的，我的夢就是當老闆。開一家店。」大家一直笑。

「英文不是說開店，是跑，跑一家店。」

「跑一家店。」阿煥沉浸在自己跑一家店的想法裡。

其實他的夢不是這樣，他的夢更近於夢。

殯儀館的灰牆在他家後頭被一道鐵絲網截斷，粗鐵絲挽成一個個勾緊的五角型空洞，空洞連著空洞，鐵絲在網緣上擰緊、削尖，纏出戳刺的箭簇。望著屋後的排水溝與鐵網，阿煥就作白日夢，看見自己怎麼一跳，跳過了大排水溝，穩穩攀住了鐵網，又是輕巧地在網上行走了，在相連的建物上縱身奔跑，一躍就踏著了矗立的長煙囪，在這幻象裡，他一路翻滾前行，往上往上。媲美超級瑪麗永遠往右走跳的城市切面，他擁有的是殯儀館的天際線。

天氣好時，焚人場的長煙囪冒出來的煙是青綠色，襯著無雲的天特別好看，陰雨天裡，成了白煙，在雨中，一蓬蓬全是蒸氣。

這就是他的夢。

此外，他只是苦等自己長大起來了。

國中音樂老師帶他去教會拿教眾捐出的舊衣服、舊課本，周末去教會學英語，阿煥喜歡書，拿了小冊聖經，廟口的善書他也拿，有些輪迴果報的見證和故事，姦行受懲，還說男女淫合時會有野鬼圍觀，看得阿煥的小雞雞都硬硬的。

阿嬤賣完玉蘭花就在路上擺個爛果攤，東西爛，是早市剩料，跟熟識的人討來的。阿嬤坐在昏暗中讀摺成方塊的大家樂期刊，阿煥專看鋪在果籠底下的舊報紙，特別是分類廣告欄，徵人、招租、賣色情錄影帶，「黑龍勇闖處女穴」、「少女竹筍乳爽歪歪」，他貪看這些不正經又帶著潮濕誘惑的古怪訊息，卻從不和其他男生玩阿魯巴、摸鳥毛、嚇女生的遊戲，他這樣窮、這樣惹眼，還敢不正經、還敢放肆嗎？

「我一生都在努力學壞，想加入幫派，」元說，「念書的時候，七年級有一個上海幫，排擠我，不讓我學他們講上海話，我一開口就有人要打我。然後，廣東仔又討厭我，我長這麼高都沒用，我帶一把沙西米刀、那麼長，藏在皮帶裡要去幫大哥幹架，操他媽，才沒走兩步，那刀就蘇一聲從我牛仔褲裡戳出來。」

他們倆住著舊倉庫的警衛室，睡在地炕上，很暖，隔天他去批完貨，元已經端坐在安家等他來，準備帶他去吃部隊鍋、喝燒酒。

中風後的老安並沒有病容，仍跟以前一樣，精瘦的臉上一雙放光的眼睛，英語在他嘴裡是帶太多骨頭的肉，很有滋味的肉，連骨咬嚼。「外面的雪這麼大，可恨媳婦什麼菜也不會做，只好讓你們自己出去吃飯了。」他說得那麼講究，彷彿從嘴裡剔出肉骨。非常美豔的媳婦是個公務員，冰冷的瞥了他們一眼。老安夢想回國養老，作衣錦榮歸的父親。返韓卻是在兒子媳婦家寄人籬下，他賭氣獨居在舊倉庫的警衛室，中風後才被迫搬去跟兒子同居。

吃了鍋，夜就深了，又轉到有塑膠布蓬遮斷冷空氣的路邊攤，叫了烤肥腸，麻油紫菜飯卷。

元說：「我一生只會玩，幾十年下來，除了玩什麼都不會。」

雖是超過一百九十公分的大漢，元走在首爾街頭倒也不突兀，他哆著巨掌把「表面張力」那麼滿的酒杯往唇邊送，滿口英語，阿煥有點怯，元那麼招搖，在醉漢多的地方，難保不會出事，擔憂一陣，就醉了。

「我心臟有支架，有錢買不到健康。也沒有馬子啦。在雪梨我算什麼，我哪比得上開保時捷上學的華人同學。後來爸媽又花了大錢送我去紐約，想要我也混一個什麼名堂，可是在紐約，我好迷好迷網路遊戲，幾千個小時都在線上。啊我就是廢啦。」

認識元，這趟路有意思多了。

回台北，阿煥交貨拿了貨款，等車時無意識地摳著行李箱黏貼又撕去的好多託運貼紙，幾個嘁喳不已的年輕女孩，都穿著色彩繽紛的內搭褲、韓版長大衣，嬉笑自拍著，其中一個瞄見他，戒備的轉開臉去，那眼神讓他心灰意冷。

進家門時，他彎身低頭，身體都習慣了。

阿煥全部財產都在屋角，買來的床（不是撿來的），床下有大小幾口行李箱。連抽水馬桶和淋浴間都是他一邊打零工一邊請師傅來做的。

高中畢業前他自己的家當就是屋角卡著一張木頭書桌，桌上緊湊地疊著他的教科書和字典，牆上貼著他在課堂上畫的圖畫跟他在各種雜誌裡剪下來的各地地圖，抽屜裡有他的制服、內褲、襪子，每天晚上他鑽進桌子底下，攤開陳年棉被，睡在粗磨過的水泥地上。

除了這一角落，屋裡的其他地方都積滿了各色破爛，故障的家電，破爛的腳踏車，一直堆到天花板，阿煥要扔，阿嬤就跟他拚命。阿嬤的房更像個黑洞，不透光，半人高的竹藤老式眠床，底下是一綑綑紙箱，窗上鑲的霧綠色厚玻璃有銳角的裂痕，缺口用舊報紙糊住了，報紙更舊發黃以後，便再糊上一層，最後窗玻璃全沒入過期新聞的斷層。牆上鎚進一根鐵釘，勾著個燈泡。

直到高一，這房裡還躺著他父親，他父親清早開鐵板車出門收破爛，被人撞壞了身體。之後他父親的臉孔就極速的衰萎下來，皮色變得醬黑，應該鼓起的都凹陷了，午休時間阿煥得回家給他餵飯，放學後再回家照料。

天氣好時，他燒水給父親擦個澡。瓦斯桶跟水龍頭都在後院，正對著排水溝，看得到幾組死者家屬手持線香在場裡跟著道士繞圈，有些則是跟著誦經的和尚，幾組家屬這裡來那裡去，風常常把線香的氣味輸送過來。

親生骨肉，是說子嗣，但替父親擦澡時，他想的也是這四個字，父親的筋肉鬆搭搭地將就在皮骨之間，身架子蜷縮，比較短的左腳往內捲，柔軟如肉鬚搖曳的海底生物。

父親與母親在什麼樣的接觸下，他突然成型了。

不會是那閃著淡紫色光澤、只會放尿的黝黑性器，一定是這條畸形的腿，歪縮的腳丫，洗沐時變得透明，擦乾後縮小一些。

除了擦澡，餵飯外，背父親去公共廁所。

三年後父親就死了。

父親死時他已完全進入青春期，不覺腋下和老二上的毛都長齊了。整片遺失的童年如荒原，完整又堅實，暗藏了風裡的氣味，日子細密、針腳下緊，彷彿有天會自動開口說話、歌唱、走動起來。

同樣賣玉蘭花的幾個阿婆來助念一晝夜，剪來白麻布在家裡開了靈堂，之後送到殯儀館焚化，屋裡扛出薄棺上了靈車，從巷子駛出，大大繞了一圈才進殯儀館正門。他特地去排水溝的對岸看自己的家，他看到自己抽了第一支菸，夏天在後院洗澡，對幽暗無人的旮旯打手槍，朝著排水溝放尿。

童年殘生於對岸的陸塊，他羞於逼視，仰頭亂看，說不準父親是化成了哪道青煙。骨灰寄存在小廟裡，阿嬤認為極為妥帖，又回到街頭賣花，她性格暴烈，黑瘦面孔埋藏在口罩頭巾底下，只露出老邁混濁的雙眼，嘟囔著阻住過往行人，手中裝滿玉蘭花的塑膠盤直抵到對方胸前，更似隨機勒索，討得生涯。年輕時幾度與男人打架，打斷鼻骨小指骨，前後幾個男人都跑了。她動輒暴打孩子，三個孩子（包括一個養女）只有阿煥父親留下，他腳上有點殘疾，國小沒畢業就幫著賣口香糖，後來去下港做學徒，回來時，懷著阿煥的年輕女人跟他一起回來，阿嬤照樣虐待她，她生下阿煥就走了。現在阿嬤暴跳摔打的能耐還在，那張嘴更厲害。太惡毒又喝太多米酒，她從來不信阿煥是「跛腳人」的骨肉，認定是那女人賴上了，為了擺脫腹裡的孽種，生了就跑。

阿煥父子不理會她，父親身體還好的時候，阿煥從不正眼看阿嬤，也不讓阿嬤看見自己的臉。

把清空的行李箱推回床底，心跳一下，才想起出發當天，阿嬤又跟他要錢，他沒給，阿嬤氣到嚓呸踩。

從澳洲回台灣時，台北已經紅過蛋塔，紅過牛角麵包，阿煥也想投資點什麼，想有個自己的店面，可惜搞了兩年，什麼都不成氣候，阿嬤照常賣玉蘭花喝米酒賭四色牌，阿煥拿最後一點錢在三重街市上頂下半坪大的手機店，最後也是頂讓賠還店租，像一盤敗棋。

「我一生人失敗，連狗都不敢養。」本來以為這話會傷到自己，沒想到講出口以後反而鬆了口氣，元一面點菸一面點頭，說他也是。

元的老家是台北舊東區，靜巷裡滿是年輕人開的文青小店，阿煥跟著元在巷裡找到一家情調清冷、桌椅不成對，活似誰家後院的茶館。

「我爸過世了，我哥結婚生子，我就專陪老媽過日子，偶爾就出國到處晃一下。」元拿的是澳洲護照，沒當兵，三十六歲那年心臟病發作，他本在一個洋行作威士忌業務的，就不做了，照常還是往夜店酒店跑跑，其實他生來還真沒缺過錢，工作只是喜歡有張名片。

「女朋友有過啊，在奇摩交友碰上了，一直聊一直聊，後來約見面跟照片上相去不遠，家裡還比我家有錢，就是真的太愛喝酒了，屋裡都是酒瓶，還說要買車叫我開車載她環島。這樣，只來往幾個月就沒了。」

元最推薦的是花錢買，訂好一點的房間，叫乾淨的女生來做，玩下來花不到一萬塊，每個月吃一次，很合理。阿煥不知合理在哪。

「你處男哦？」

「有做過啦！」阿煥哭笑不得，兩光棍，談到此事興奮起來不輸國中生。高中剛畢業他去考了貨車駕照開貨車，一邊開一邊等當兵，很快就被幾個年長同事帶去寶斗里破身了，對方看他不會，教他躺著不要動就好，他忍著不動，卻忍不住自己的粗重鼻息。

他當然知道怎樣讓自己爽到，靠自己的右手，左手，要摸弄哪裡他早就知道了，自己的鳥他摸得一清二楚。當兵時有個早秋的小流氓，誇言從不自摸，要幹就要真幹，就算摸也要女的來摸。他不以為然，他二十出頭時，睡過幾個女的了，卻認為自己做還是最爽的。

跟女人，那叫沒辦法，是為了填飽那股餓，心裡那份癢。女人的氣味，女人的奶，叫他心頭撩搔，年輕時硬邦邦站都站不直。他還很早就知道了，小弟弟立正敬禮的對象，他做不了主。

澳洲的ＳＰＡ店都是亞洲妹，按摩完會問客人要不要來一個「Happy Ending」，工作正正經經有牌照還繳稅的，阿煥怕她們，怕泰緬女孩身上那種跟東南亞佛像一樣、擰緊的腰線，怕高麗女人白淨的臉皮、相距甚遠的雙眼，還怕碰上台灣美眉——他不敢深究，反正，他哪來的錢。

「我哪來的錢。」

「可是值得，很值得。對身心健康，嘖嘖嘖，太好了。」

「三八。」

「不然你去哪？」

阿煥給他說了寶斗里的笑話，買春上娼家，應門的是個髮半灰白的大媽，心生拒意：「啊、等一下是妳來做哦？」

「三八！我有歲了啦。」大媽嗔怪。把男客引入內室，在裡頭等了一陣，等來一個雞皮鶴髮的阿桑。

「換人換人！」

「那只能換一次哦。」

「好啦。」

結果是剛剛開門的那個大媽入來了。

阿煥說到這裡笑起來，奇怪，他其實沒什麼朋友，當兵時的學長也散光了，跟元才剛剛相識，講了不少話。

「這是哪一天的事？」問話的人把桌邊的上翻日曆筆記本推過來，讓他選一個日子。

阿煥把目光移到日曆上，上頭有以原子筆一揮而就的藍色字跡，潦草到無法辨認，阿煥隨手往前翻找，一月十七日，出發日，記得住，倒是回桃園機場的日子，是哪天？元找他見面，他很驚訝，心裡早已把元隨口說要見面的邀約當作客套話了。

最後，阿煥圈出二月五日，年節前的時段，街上特別清冷。對方把行事曆挪到眼前，把日期筆記起來。

阿煥餓了，有點坐不住，左右挪動屁股，那是一把老舊脆弱的木椅，椅墊曾是鵝黃色，現在是淡灰色：「幾點了？哪裡可以吃飯？」

對方看他一眼，手裡的筆沒停下來：「再把剛剛的事講一次，就可以吃飯了。」

「剛剛的事？」

阿煥一餓起來竟沒辦法忍耐，心思紊亂。

「你怎麼發現你阿嬤的？」

阿煥沒說話，飢腸轆轆，上一餐的便當，也是在某個室內，一樣的日光燈管下吃的。

「為什麼在行李箱裡？」問話的人看來沒有倦意，也沒有飢餓感。

屋裡的味道本來就難聞，行李箱打開就更刺鼻了。阿嬤在那口行李箱裡直挺挺沒動，從十多層報紙裡露出來的臉孔，看起來也是好端端的，手腳似一團枯柴，放火燒了應該會直上青天吧？

「我想趕快讓她火化。」

「你阿嬤怎麼死的？」

「不知道。」阿煥老老實實，卻也迷迷糊糊地回答。

「姓元的有沒有可能知道這件事？」

阿煥茫然：「我一生人失敗，不要連累別人了。」

屋裡雜物囤積，看不出少了什麼，阿嬤的存摺印章原本就不知道在哪，查了郵局帳戶，裡頭的十幾萬早已被提領一空。空跑了好幾處，阿嬤的死亡證明發下來，終於可以火化。

賣玉蘭花的那群婆仔都來助念，阿煥只忙著買麵線、豆花、叫便當，守夜時請些菸酒。火化後也是請進小廟，得給爸爸燒點紙錢，請他擔待。

新聞紙一角：「囤積症重，玉蘭花阿嬤遭殺害，孫開行李箱才知情。」

阿嬤失蹤，同住的孫子不去找，直到開行李箱才發現屍身，檢方總疑心阿煥，或是他親自動手，或是他找了共犯殺人、自己躲到韓國，難免將他拘留起來，要他好好想一想。

其實阿煥真的想起好多，講倒講得少一點。

元不愧世家出身，律師陪著，來給檢察官說明兩人結識經過，交代行蹤。過後還包了三萬塊白包來，阿煥很窘迫不肯接下。

元勸他：「其實，幾萬塊是很值得的。看你怎麼花而已。」

從焚人場領出來的陶罐還有餘溫，吃過幾天牢飯的阿煥，看著家的方向。

——寫於二〇一五年一～四月

早晨的通勤時間，家好總是把自己收藏得很好，左手捉住吊環，皮包挾在脅下，鼻息細細，免得噴到別人的後頸。滿車的男女衣著儼然，面目卻極少是有精神的，多數人閉目養神，耳裡塞著耳機。

她不介意自己跟誰緊挨著、抵著誰的雨傘和大腿，只是低下頭，將手機握在小腹上方那僅容一拳的凹處，一頭栽入糖果的世界。

與其在電車上屏息捱過三十七分鐘，倒不如把握時間把糖果方塊裡的五條命好好用完。系統每三十分鐘補一條命，五條命用完，她就進手機裡修改時間補命，於是時光一直向前推演，她偷取的時間那麼漫長，到時人類的文明演化都要終結了。

有時歷經幾次超炫的糖果大爆炸，精采又離奇，以為這次就要過關了，誰知步數用罄，遊戲說結束就結束。遊戲卡關太久，倒有點眷戀，賠上無數的時間，都記得這邊有執拗頑固的增生巧克力，這邊有位置孤拐怎麼都清除不了的果凍，破了關，心裡還有些可惜，夜裡閉上眼睛，只看見繽紛的方塊。

她在美語補習班做行政工作，常接到投訴要退費什麼的，今天也是找收費的單據找了很久還沒湊齊，不知怎麼呈報。有人會把自己業務上的紕漏隱瞞下來，客訴不往上報，業績安全無事，但那是老資格的職員才有本事互相掩護，家妤在公司不到半年，打不進那些在公司待了五年、十年的老人圈子。

說是老人，家妤沒比她們年輕多少。

她剛滿三十，畢業後繞了一大圈，最後才來到這裡。一早出門，在路邊買份早餐，中午吃便當，下班後就在公司附近找地方坐一下，在咖啡廳吃簡餐也好、在美食街吃飯也好，只要開著糖果方塊，對周遭聽而不聞就好。有時看看隔壁桌的客人，也都正在手機上看球賽、看電影、看韓劇呢。

挨到晚上九點，回到家洗個澡就可以睡了，已退休的爸媽把生活重心放在一歲大的姪兒身上，都睡得早，嫂嫂懷著第二胎還照常上班，家妤以為自己在外頭解決一切是騰出空間給家人，嫂嫂卻認為家妤是吝於幫忙照看孩子。

家妤沒留意到嫂嫂日益尖銳的態度，自從和論及婚嫁的男友分手以來，橫亙眼前的未來渾沌不堪，現在卻是太長久了，瑣碎卻空闊，一點也看不出端倪，而過去的呢？過去就像從指縫漏下的沙，正在淹沒她的雙腳，害她能活動的空間變得越來越少。

只有糖果方塊，永遠保鮮的糕點，沒有時間感，吃不得，壞不了。

她是在婚紗公司試禮服的時候決定退婚的，有人傳了赤身男女交纏的照片到她的手機裡，要不是被婚紗裡的鋼圈和層層衣料箍著，她肯定會當場軟倒。

只玩了幾場糖果方塊就到站了，時間的通過彷彿沒入虛空。從車站出來，家妤沒注意到有人騎機車跟在後頭。

她從沒搬過家，地方上的變動只是：國中時火車站改閘，大學畢業後高鐵通車。也許這是她第一萬次走在回家的路上，穿過喜餅街，接著是婚紗街——她就是在其中某家店裡突然臉色發青，跌絆著困在廉價的出租婚紗裡，像隻失明的蒼蠅四處撲撞，空氣化成黏液困住她身軀，她划動四肢，多麼多麼奮力。

「林小姐、林小姐！」店員驚慌地在旁大喊。只跟她談過幾次話的店員搞錯人了，她不姓林，聽在耳裡更有恐怖感，旁人以為她羊癲瘋發作，找了一把湯匙硬要放到她嘴裡免得咬傷舌頭，沒有成功。事實上，她是暫時失明了幾分鐘。

事發後，她仍是持續地經過這個街區，也免不了跟婚紗店的店員打過照面吧。但，一切都過去了，都變成那些在她四周凝結不去的東西。

現在，家好對街上零星的路人已能視而不見，腦海裡只有方塊的組合慢慢浮出，擠壓掉婚紗店裡的回憶。在一個剛剛浮起、另一個又消泡而去的念頭裡，糖果方塊從最底下開始、淹沒所有過往，星羅棋布的繽紛糖果倏忽而來，糖果方塊是她的好幫手，在糖果的世界裡一切都好簡單，她不再編什麼故事給自己發夢，只是允許糖果一個個從視野裡浮出。

可是，綠色糖塊一副窮酸樣，一不小心就覺得好可憐哦，是博取同情的東西。紫色糖塊，華麗，危險，說謊的女人。鵝黃色的糖果，初生小雞一樣可愛，天真無辜卻又叫人怒火陡生，藍色方塊，虛偽、睜眼說瞎話，厲鬼的舌頭。熱狗狀的紅色糖果，矮額，有一點色色的是不是？要嘗嘗嗎？

把這一切都組合、電擊、消除掉就好了，就安心了。好棒。

突然，她感覺自己往上、往前，彈跳了一下。

接著重重摔在地上，右脅裡崩裂似的劇痛，肩上的包包已經被疾馳而去的騎車男人拉走，嘴裡嘗到一股鐵腥味。

她聽見小小的「格登」一聲。

有種失重的感覺，現在不痛了，不，應該說，她什麼感覺也沒有。

轉出暗巷就到家了，倒在水溝旁也不是辦法，頭朝下不聽不看是不行的……

四周靜得很，她除了拜託自己趕快爬起來以外，只能在原地發愣。

不知是誰先發現的，四周慢慢有人聚集過來，救護車開不進巷子，有人搬來擔架……好像作夢一樣哦，她看著自己被抬進救護車，還有，哦，她爸爸趿著藍白拖鞋、手機貼在耳上慌慌張張地跑來了。

真是一個怪夢，地上的血跡還在，天亮後看起來像暗色的污泥。

她好像該去上班才對，可是，天又黑了。

是不是死了才這樣？

晚上很暗，夜裡兩個警察來回走了暗巷一趟、調整監視攝影器材，卻對她視而不見，她想移動到有路燈的地方，結果走到燈桿上去了。

這樣不太好，要想個辦法下來……但天又亮了，不知為什麼時間跳躍著往前，她的意識時斷時續。

以前也想過要死，十幾歲在課堂上被老師當面辱罵「豬！不如去死！」的時候，真想死，死了就變成鬼去老師家作祟好了，每天醒來，想到得去上學就直挺挺躺在枕上流淚，被父母逼著出門，走在路上只覺滿路都是濃霧，上課時也什麼都聽不見，畏縮的躲在後頭戰戰兢兢學別人翻開課本，別人做什麼就做什麼，反正自己的存在就是多餘，只會招致更多羞辱。她偷偷在心裡編織各種死的故事，愛讀的言情小說成了她的養分，復仇的鬼，絕美的鬼，多次轉生穿越時空的吸血鬼，起先是真的死意堅決，後來卻因為被羞辱的次數太多而漸漸痲木了。

畏懼著別人的眼色，藏起一張張不及格的考卷，越考越差，她都不知道自己究竟為什麼非得在紙上塗寫了，同齡的小孩趕羊一樣被趕到一起，然後發給紙張：「注意時間，開始作答！」

噁心感催促她抓起2B筆，冷汗涔涔，光為了要深呼吸，就把全身力氣用光光了。當年的日記上筆畫粗大稚拙的「死」字排列滿篇，偶然翻起都覺得陌生又訝異，好像撞見另一個自己，死之少女。

另一次，是那場發狂的嫉妒。

二十歲的時候，她還在大學生活裡乍驚乍喜，誰知一起迷戀穿越小說、一起追看韓劇的朋友，在網上發表幻想作品，不知不覺擁有大量網民支持，不但開始出書，還相當熱銷。

突然發現朋友成了當紅作家，她嫉妒欲死。

啊，對方有的她都有啊！她反覆在心裡把兩人一一比較，朋友跟她哪有什麼不同！她自認文筆很好，輔修中文，為什麼出書的不是自己？她雖也試著掩藏鑽心的妒火，無奈缺乏修養，幾次公然說朋友的壞話。

對方走避她，她更被妒意折騰。

上進心不足的她會發出這樣的惱火，只因她期待已久的好運被一下子搶走了。對她來說，好運就等於突然被發掘，接著，變成人人稱羨的有名人。

可笑的是，家妤連學校指定的書也沒好好讀過，該交的報告也不曾認真寫，只是潦草地在網路上拼湊剪貼，因為她覺得那不重要，不是能讓她變得幸運的關鍵。

哎，生活中不重要的事太多了，不會當人的課不重要，父母沉悶反覆的嘮叨不重要，長得不好看的男生不重要，女性朋友的心事不重要。她沒看出這一年來爸爸外遇了，媽媽也外遇了，家幾乎要拆散，又悄悄復合，長出新肉。

家妤爸爸婚前就有個暗戀的對象，對方喪夫，獨自拉拔著一個小小孩子，家妤的父親幾度想表白感情，卻又糊裡糊塗跟家妤的媽媽走到一起，最後奉子成婚。小寡婦則是搬走了，不知去向。家妤爸活到五十歲上，竟與當年的暗戀對象重逢，對方在拉保險，這時他已經為人夫為人父，有年紀的男人，學得狡猾了，終於和當年的小寡婦談起戀愛來。

至於家好的媽媽，她從年輕時就在旅館做房務員，先是在車站那條街的商務旅館做，後來旅館出事，燒了，又去另一家連鎖的大旅館做，做得很出色。收拾一間「休息」過的普通房，只花十五分鐘。

但家好媽媽對自己家的房務就做得比較潦草，她說這是家裡沒有「規格化」，要是一切都規格化，就上了軌道、就井井有條了。

家好媽媽有天下班時，意外撞見自己的老公攏著髮式清爽的某位大嬸在街上走，那濃情蜜意的畫面太叫她憤恨了，家好媽媽憤憤不平，上當了，被騙了，就為了年輕時沒捂住他的那根槍桿，就為了那個說了ㄅ字就要臉紅起來的破保險套，嫁了這什麼東西！賠上了半輩子！

家中只有兩個成年孩子，父母的存在是可以很飄忽的，在這飄忽中，家好爸爸去愛了那個小寡婦，而家好媽媽苦在證據不足，祇得階段性地隱忍不發，她沒在家摔門扔杯盤，只是話少了，沒事就空空瞪著家好爸爸的背影，他轉過臉來，她才別開眼睛裝沒事。

農曆年初二，家好爸爸拿出一條絲巾，說是情人節禮物，家好媽媽真想當場把它扯爛，卻只是病懨懨的接過來，家好爸爸一臉惶恐在旁窺伺老婆的情緒，家好媽媽偏不給情緒，一點點也不，就繫著絲巾去上班，年節裡旅館可熱鬧了，她向年輕主管訴苦，訴苦完補上一句：「說了你也不懂吧，你太年輕了。」她對比自己小的男主管說話，一向很輕鬆自然，把他當小朋友，誰知訴苦時很容易把心都掏出來，家好媽媽甚至開始氣惱家好爸爸，氣他不夠壞。因為她跟年輕主管很快地就有了點什麼，讓她都不好繼續追查丈夫的行蹤了。

兩夫妻回到家裡躺在同一張床上，心事的波動令雙人床無風起浪，嚇壞了兩條小舟。

家好繃著臉過日子，沒發現父母的嘮叨有氣無力，都是說給對方聽的，做做樣子。電視上探討外遇情節，或是觸及幾個鑽心的動靜，就要把為婚外情折騰的先生太太嚇得分頭躲入浴室和廚房喘息一陣，家好卻還是恨生活很平凡、很無聊，因為重要的事都不在她身上發生。

家好又想到死，癡想著因好友背叛而自殺的淒美情節，雖然沒人背叛她，她差點都擔心是自己背叛了自己。此時，助她走出這段低潮的是愛情……或該說是疑似愛情之物，雖是疑似，也夠用來轉移注意力了，畢竟是一生一次的初戀。

沒有夢想中的轟轟烈烈，只是有個外系的男同學主動接近她，家好則是有點自暴自棄，心思還停留在跟自己擦身而過的好運上，男同學長得不錯，主動約她出門，卻怯生生的，好不容易確認彼此都有好感，也都想找機會做些什麼，就學著牽手接吻上床，懷著一整個少女時代的春夢盼來的，原來是這樣。

家好小小得意，覺得自己在人生階段裡前進了一大格。

交往後時好時吵，嫉妒以至於想死的那股不甘，已不再發作，曾經入骨深切的妒意變成一種難言的心酸，好像生活獨獨欠了她，欠了好多好多，但自己也不敢深究翻攪，不敢自問為什麼做不了自己想做的那個人，隱約害怕問了就要為此付出深重代價。

她改作另一種夢，在臉書上發些無關痛癢的文，以便展示自己的美照和愛情，有時也覺得奇怪，怎麼老是瑣碎不順？真正稱心的生活在哪呀？想著想著，她又上網留戀那個想買的包包，越來越覺得非要買下包包才會一切順利。

家好私下辦的信用卡，一辦好就開始積欠款項，她沒有固定的零用錢，只是零零碎碎的跟父母要個五百一千的，一下子就花完了，沒法繳款，只好全部再分期一次，只繳利息，反正，等她有空去打工的時候就能還了，每天她都檢查信箱，把催繳帳單藏好。誰知有天她上完課回到家，就發現爸媽坐在狹窄的客廳裡唉聲嘆氣，桌上攤著催繳帳單和她原本藏在房裡的幾件名牌包包，名牌的硬紙盒和麻布防潮袋全翻了出來，她撲上去用身體護住那些東西，彷彿被看上幾眼就會穿孔生蟲了。

這次家妤爸媽不只是發現家妤欠下了十幾趴的循環利率，還發現家妤跟一個同校的傻壯男學生在一起的證據，多層次的愁苦膠住了他們，連責罵都說不出。

沒人發難，家妤倒哭了起來，越哭越覺得自己應該哭，應該委屈，這世界對她好壞好殘酷。

當時家妤的媽媽已經換了一家旅館工作。婚外情是她結束的，年近半百的女人，在愛裡醒過來、又找到自己了，可找到自己她就看清了自己，還能是什麼東西？就是貪啊！真是貪啊！

生活在情愛裡對她舒展了另一面，那張她很久沒見識過的側臉，每一句話都飽含水分，彷彿豐潤細密的雨點，啄出甘甜的印記，顫抖的心在律動中搖盪，即使沒有話語，她也在他身體上讀出很多意思來，兩肩的肌肉是否緊張？睡飽了？早上沒有時間抹髮膠？出門前太太說過什麼嗎？早飯吃好了？

女人突然泫然欲泣，發現情與愛都被她不知不覺紡成同樣單調的布匹，在生活的軸輪下旋轉，最後也只能是面目混同，跟那些進出愛情賓館、千人一面的男女有什麼分別？

就這樣，她奮起了，決心要做個還稱得上漂亮的句點。家妤媽媽悄悄談妥下一份工作，將熱烈的戀曲一手掐斷，捲起袖子回家對付老公。

碰上女兒闖的禍，老夫老妻都心虛，怪自己忽略了孩子，尷尬地面面相覷。其實家妤爸早就發現了，口袋裡沒有錢，小寡婦那裡是去不得的，小寡婦善於理財，憑一己之力，將兒子送到國外念書，生活也打理得當。而他，他的死薪水還沒下來已有了去向：貸款、生活費、保費。他手邊只有一點零花錢，頂多請客吃兩頓飯，買個小禮物就沒了。沒帶一盒名店的蛋糕，他還不好意思去人家屋裡約會，窩囊。

他沒想到自己會比年少時過得還寒磣，這是為什麼？都是為了這個家啊。和暗戀對象重逢前，他不知道別人在過什麼日子，他是一下班就回家燒菜，米飯煮好保溫，有人回家就自己盛飯吃了、洗碗。老婆的班表他從來不認真看，反正老婆買菜，他負責煮，垃圾有人拿出去倒，大致就安心了，可以去公園練氣功。睡前看一點武俠小說，妥妥當當。

誰知戀愛把他的小日子弄得七葷八素，好幾次都腦子發熱，把握不住自己了，他多想徹夜賴在小寡婦的屋裡不走，但沒用，他十點回家，十一點回家，凌晨一點也要回家，做出剛練完氣功的模樣。脖子上掛著毛巾回家。

看家妤在面前哭得可憐，他心虛，孩子缺錢，就被銀行騙了，家妤媽媽倒不這麼想，原本好好的，有男朋友就學壞了，是被男人騙了。想起自己騙男人也情願被男人騙的種種糾纏，家妤媽媽惱怒地把家妤的信用卡剪了，逼著要見男朋友，家妤灰頭土臉帶男友回家，誰知家人滿意得像是要催她嫁人。

家妤不開心，拜託！誰談戀愛要家人允許了？

偏偏，平日表現在臉書測驗上算是最低分最自私的男友，竟然主動分攤家妤的卡費，讓家妤心裡那一點殘暴的反抗都凍結起來。

起初她是想死的，後來她交了男友，想起來她都不懂自己了，也不懂人生。

至於最後那次，那次離死最近了。

剛畢業時，她最理想的工作是進雜誌社或是廣告公司，應徵的都是文案、企畫類工作。也豔羨同學能考研究所或出國，可惜她成績欠佳，家裡又是連婚後的兄嫂都擠著住在一起，不工作也沒法交代。於是一有機會就匆匆就業了，在一家小出版社當編輯助理。

公司專做環保、樂活方面的書，她唯一參與過的一本是《台灣の夢幻歐洲生活》，作者跟家人住在自己設計的別墅裡，擁有歐洲風格的大廚房，每次去拍攝時，都是一個鬍渣多多的攝影大哥開車載公司裡一堆女的上山。

看著作者那張曬得微黑卻時尚而有個性的面孔，家妤自慚形穢，攝影師忙著取景拍照，作者兩耳上的金質墜子襯得年輕的臉孔生氣盎然，她抱著混血的可愛孩子入鏡，暢談在北歐求學的經驗，又細數屋裡家具的來歷，家妤都震懾的不知該說些什麼才得體了，只能一味讚嘆，大約也適當扮演了一個沒見過世面又比較無知的角色，作者是所謂的名媛，富商千金，任職私人基金會。家妤隱約明白，這本書還是出版社求來的，作者只要盡情展現風采就好，家妤負責回去聽錄音打字，對這完美的生活，簡直不能想像。

初戀男友還在服役，她已經好幾次跟鬍渣攝影師進賓館房間交纏。

拿出信用卡替她付清購物款項的攝影師，在床上也對她很溫柔，她又一次沉浸在愛情……或該說是某種愛情的贗品上。攝影師帶她去各種聚會，把這個城市當做自己的東西展示給她看。她晚上跟著攝影師出去，白天在公司胡亂交差，出版社老闆篤信藏傳佛教，穿著紅色袈裟的喇嘛蒞臨，全公司職員跟著下跪，家妤特別覺得不自在，送客時一路跪送到電梯口去，路過的行人無不卻步。

後來，面試她進公司的編輯偷偷跳槽他處，三不知地離職，公司裡還沒人找家好談去向，她已經待不住了。當然，提辭呈時沒有人留她。

那個攝影師啊，既狡猾又貪圖享受，表面溫柔，其實沒管她死活，保險套都不戴，知道她月經沒來以後，攝影師立刻斷了聯絡。無助之餘，她找上比她早一步離職的編輯打聽攝影師的事。

在辦公室顯得年輕幹練的女編輯垮著臉在住家附近的咖啡廳跟她見面，活像老了十歲，她拖拉著三歲的孩子（長得跟攝影師一模一樣），一臉疲憊地說，她跟攝影師很多年了，攝影師還另有老婆孩子……家好再逞強也冷靜不來了，光是哭，編輯則是沒講幾句話就會不可思議地再問一次：「妳怎麼會這麼蠢？」

她自己去做了月經規則術。

手術沒想像中的痛，畢竟還年輕，也沒有網路分享文上眾口強調的後遺症或虛弱。她不覺得手術拿出來的未成形的血塊是個「人類」，自然沒有罪惡感，她只是失去了活下去的胃口。

好想死，她的心又一次徘徊在生死邊緣，才二十四歲卻自認好老好老好老，根本已經一百歲了，軍中的男友放假來看她，她說要分手，眼淚就突然嘩嘩流下。

人生終於如她所願，有事「發生」，但她日夜編織的可不是這種蠢女打胎的陳腔濫調，她想把這回事忘了，但不管怎麼假裝，她都忘不了自己是多麼喜孜孜地送上門去，去作一塊被人用過即丟的破抹布，忘不掉自己為冰冷的器械張開雙腿的那一幕。揮之不去的羞恥深深將皮肉熨焦，她日夜都聞著身上的焦臭流淚。

曾被她嫌為平板無味的生活，現在卻是那樣血腥又立體，周刊上的各種社會新聞都令她想吐，網路上的八卦無不在鞭笞、叱罵她的無知。

家人都出門上班沒有動靜的時候，她才出來吃飯洗澡，偶有幾次，她趁著深夜爬上公寓頂上的水塔台，只想著要不要往下跳，不過她多半還是趁天黑時一路步行到環河道路，城市的夜路上，不少在車內車外勾纏成一處的情侶，他們見到她也不會停下掏摸吮舔的活兒，來勁得很。

堤防邊上的七八隻黑狗黃狗們照例對她輕吠兩聲，囫圇吃掉她在便利商店買的狗食，又很快地自顧自地結伴跑開去了。她也好想當其中一條小狗，不管今天明天，只要能伸展四肢、快樂地朝前奔去就好。如果上天給她一次機會，她願意以今生所有作交換，她如此堅定，彷彿立刻就要投胎轉世，在這片草地上重新出生，化作被城市生活排擠到最邊緣的狗族。

天亮前，她已滿身汗漬爛泥的回到自己房裡倒頭睡去。

做活動企畫的學姊聽說她離職，屢次找她去幫忙，她只是推託。家好媽媽看她離職以來就關在房裡不露面，非常怨她，在管教孩子上，家好的爸媽都自認相當用心，小時候送她去上才藝班，接送很勤，長大了給她買教科書，繳補習費，對孩子他們是口徑一致的，還深深體會到孩子就是拴在他們婚姻上的結，是撕扯不開的冤家。

家好媽媽最後硬拖她出來發洩似的打罵，哭喊吵鬧，想逼她去做事，家好祇得答應去替學姊打工，好在家人面前有個交代。

學姊喜出望外，辦活動缺工讀生，但找來的學生來歷又雜又難約束，想找熟人幫忙。領日薪，一日一千，同去的男男女女都像是去郊遊，忙著認識異性，不時溜去外頭買手搖杯飲料回來，還分吃零食什麼的。幾天活動下來，家好愣愣的，除了日夜顛倒一時無法調過來，還因為種種接觸都令她疼痛、都像是在譏刺她的現況，有些學生會做人，反過來招呼她。

學姊本指望家好能多少組織、約束一下其他的工讀學生，看她一臉怠慢，常在旁發呆，失望已極，也沒再找她幫忙。

不過家好僵死的心終於鬆動了一點，走出家門的種種刺激彷彿灼痛的熱風，迎面吹拂，痛歸痛，倒也使她略略醒轉過來，好像是第一次，她看清了眼前的世界，父母家人都覺得家妤變了，跟關在房裡之前不一樣。被疼痛徹底咬噬過的心散發溫柔，一種無望的溫柔。

她開始找工作，寫了很多履歷，最後總算有家公司叫她去上班，她感恩戴德的去了，公司登記弄得很奇怪，做創意設計的什麼廣告公司，公司很小，除了老闆財哥本人以外，只有另外兩個同事，都是老闆拍片的班底。

家妤應徵時名曰企畫，每天的工作就是上網看政府公告，不管什麼拍片補助也好，微電影公益廣告也好，先做企畫案去比稿，等接到案子，四十幾歲的財哥叫她想點子，兩人一起順腳本，接著發技術跟臨演來拍。財哥雖草莽，又比家妤大上一倍，但想法多得很，反叫她不敢鬆懈，比上學用功。

不過，政府機關愛看的是公文，單據、帳目，家妤念的會計本科派上用場，讓她有了一點扎實的自信，這不是奇麗的妄想或修過的美照能帶來的成就感，也漸漸會笑了，她沒忘記自己是個被玩弄作賤過的白癡女人，可是她漸漸以為那是前生的一個故事，年輕真好啊，隔兩年就好像上輩子似的。她活得像之前沒活過似的，再世為人。

財哥有幾次對她支支吾吾，特別帶她去吃飯，也沒說出別的，她則是一想起財哥就揪心了，總有點想哭。起先的兩個同事已經走了一個男的，跑去大陸拍片。另一個是養了三個孩子的單親媽媽，人很可靠剽悍，也接電視台拍片的工作，因此是機動式的上班。不拍片時辦公室常常就只有兩個人，財哥什麼都跟她講，她愛聽，曾有大傷在內裡的她已養成少話的習慣，財哥講話，她就隨手做些掃除、整理的雜務，聽著。

財哥給她的薪水愈給愈高，最後終於跟她求婚了，說自己是離過婚、鄉下還有個念小學的孩子，但家好要是肯嫁，他保證疼她。

真正的愛情不知怎麼跟死很像，在婚紗店裡收到自己跟鬍子攝影師的裸照時，家好彷彿被死期纏繞的網中物，被絕望重重擊倒。

後來財哥把公司收了去大陸拍片，家好另找了現在的工作，她倒是不想死，只是活得很淺，越活越淺。

她突然感覺憋悶，渾身像灌了鉛，對，渾身的，她的身子在哪呢？她從意識最底處浮起，強光襲來，在未鑿如蛋的孔竅上猛地開了一隙，早晨的太陽，從病房的百葉帘篩下，暖暖地撫摸她的臉龐。

她被擱在一張床上，幾次聚焦，都沒辦法將眼前的景物拼湊好，手腳都動不了，再遠，看不見什麼了，她的脖頸無法動彈，視野狹小，她聽見、也感覺到頭部脹痛陣陣，挾著心跳，血流脈脈壓送全身。

全身，她思及這具身軀，竟有點隔膜了，大腿、胳膊、乳房、性器、頭髮、臉孔，她曾把自己的人格附加在上頭，甚至延伸到手裡拿的包，腳上穿的鞋，再延伸到髮型和唇彩上，她以為這些就是我我我我我，樣樣都是。

真傻。

以後她不要再這樣了。

累極了，她闔上眼。在不斷升高的疼痛裡甜甜地想著，以後不要再這樣了。原來人生隨時都能重來，只要轉過一個念頭，她就能再試一次。

她要好起來，她喜歡拍片，她可以繼續學著寫腳本，等到有一天，那一天，財哥跟她重逢的時候，她會勇敢解釋一切。

在甜美的思緒裡，她漸漸融化，自由了，也不疼了。

最後一次恢復意識的時候，四周堪稱明亮，團團的黃光白光，有個被銬著的男人戴著安全帽跪在靈帷前伏地磕頭，數名警察不大積極地制止一旁推打辱罵的眾人，父母兄嫂連姪子都在新聞攝影鏡頭前哭著，家好看見自己那張在靈前放大的照片，微微的笑容。

活過一遭真好，真的很好。

今生的最後一個念頭，帶她去了遠方。

——本文獲二〇一四年桃園文藝創作獎小說首獎

艾莉亞

又死了一條魚，斜嵌在缸底的石縫裡，莉亞拆開免洗筷把死魚夾出來，顫巍巍推開陽台的紗門，把魚屍埋進盆栽裡頭，現在每株橘樹底下都埋著小魚了。小魚墳場。

第一條死掉的魚是被她扔進馬桶沖走的，沒想到沖水的水流將沉屍在馬桶底部的小魚帶動起來，宛如重生，很嚇人。

魚是范恩買的，他們去逛花市，賣金魚的攤子上擺了幾個深桶，除了穿梭的小魚，裡頭還有枝蔓柔綠的水草，望進去像個莽林。

莉亞著迷地問：「這水草怎麼賣？」

老闆說水草不賣，只給買魚的人配上幾枝。莉亞點點頭，她一直都記得自己曾不負責任地把撈回家的大肚魚餓死的事，便走開了。范恩倒指著不同的魚種和老闆問答起來。

莉亞走去看隔壁攤的果樹，梨山蜜蘋果枝椏細嫩，透明的莖脈裡走著金綠絲線。

百香果是捲在竹條上的舊藤，粗褐表皮上發出新葉和捲曲的綠足，次郎甜柿有個男孩的名字，也像個男孩一樣，靦腆瘦長。開花結果的日子還遠，可故事的背景都打好了。

莉亞屋裡所謂的園藝，是吃橘時隨意種出來的小樹，葉片新綠油亮，鳳蝶常來產卵，幼蟲跟鳥糞一樣，黝黑又帶著白點，然後蛻變成肥唧唧綠色大蟲，下顎強壯，吃葉子會發出沙沙聲，三兩下把葉片吃淨，因此她的小陽台除了蟲子與綠葉外，什麼也不產出。

果樹攤的老闆坐在一張摺疊椅上伸展腳腿，沒招呼她，卻逕自對空氣說：「這要下農藥，要下農藥。」

莉亞一樹一樹認去，果子多得像燈泡的金桔樹，葉底也上釉般一個蟲洞都沒有，想來這些植栽都往死裡下過藥。

范恩提著魚來獻寶，說老闆給了很多枝水草，和小魚一起養著，水草也容易長得好。莉亞忘了抗議，只是接過鼓蓬蓬的透明塑膠袋，看水草裡細細穿梭著小魚。范恩連飼料都買了，手裡還輕輕勾著一個空玻璃缸，圓的。賣果樹的老闆對這樁生意樂見其成，問：「飼魚呀？我以前愛養錦鯉，都是幾十萬的種……」

「錦鯉怎麼養？」

「要有好水啊！那時候從山裡接水出來……」

范恩在旁人面前有另一張新鮮的面孔，常叫莉亞看得著迷，不知是不是星座的關係，他天生容易和人說上話。

沒預期抱了一缸魚回來，屋裡又小，莉亞自己挪家具找地方，多花了好多時間。添上便利商店買的純水，穿梭水草中的細魚竟有十幾條。晚上在餐廳幫海倫過生日，莉亞一在庫卓身邊落座，就趕緊告訴庫卓，她養了魚，庫卓也趕緊告訴她，海倫的新男朋友來了。

海倫的男友整晚都憨笑著，很靦腆寡言的樣子，眾人起鬨要兩人親一個，他卻不推辭，摟住海倫舌吻起來，莉亞一下子把眼睛別開，心裡倒暗暗訝異自己的不老成。

席間莉亞跟庫卓溜到門口抽了很久的菸，話題都繞著庫卓未來的男朋友打轉，莉亞很懂得歸納和提問，主持兩人的談心時間，自信都比電視台做的深度訪談還深入，但她也不免俗氣地問：「你喜歡什麼樣的人？」

庫卓說，他喜歡帶得出去的人。

「帶去哪？」

「天涯海角。」

哦，世界的盡頭。

有一天（不是什麼致命的紀念日或節日前夕，只是某一天），范恩不再和她聯絡了。莉亞發現的時候，范恩已經不接電話也不回電，所有訊息都是未讀的，好像憑空消失一樣。當然他沒有死，活得很好，只是不想再跟莉亞一起了。

有句話說得幽默，說分手的理由都是假的，只有分手是真的。深諳此事的莉亞發現，自己也是個需要理由的人，用什麼無稽謊言包裝都好。

可惜沒有。

驟然失戀的女人變得很怕冷，夏末就穿上了毛襪，還覺得不暖，一個人在屋裡也穿著套鞋，圍上圍巾。不知是氣候變了還是城裡的生態差了，鳳蝶沒來產卵，橘樹終年都是那幾片綠葉，也不長高，光線不足的時候看來像塑料。土裡生出一種半透明的卷螺，殼裡探出的頭足是鼻涕黃，一點一點咬齧植栽，她蹲在地上把看得見的螺都挑到一個生有雜草的空土盆裡，沒想到這些螺總是三三兩兩又往有植栽的盆子爬去。

魚缸裡的水草先是從碧綠轉為翠色，翠色逐日褪成淡黃的半透明，然後一簇簇各自在水裡化掉，都消失了。接著是魚，死掉的魚落進缸底，屍體很快就蒙上一層白濁，還活著的那些卻同在一缸水裡浮沉游泳，渾然無覺。莉亞看著其間的風景變換，彷彿看著從自己心底提取的縮影，水草萎壞死盡，魚隻數量減少，她俯看這個可供捧玩又一眼到底的世界，特別覺得無力，身為這個世界的主人，她可以把所有石子小魚都捉出來扔了，可以連缸打碎這脆弱的生態，但若是所有介入都只帶來毀滅，還有什麼意思。

一下班，她就回屋裡忙，擦地、洗衣、挑螺、給魚缸換水，換得太勤也不行，因此間中也得忍著不去換水。

如果可以的話，她想整天都戴著那雙綠色的橡膠手套永遠不要除下來，如果可以的話，她情願少領薪水以求不必開每周一早上的例會，如果可以的話……

但，「如果可以的話」這個句型要是真的能成立，她虔心祈求的，又怎會是這幾件事？真正的願望已經落空，沒有進取的餘地了。

她吃不下，早餐午餐都改為摻上牛奶的熱咖啡，又喝不完，在杯裡變得冷膩噁心，最後只能倒掉，在茶水間裡艱難地清洗用過的咖啡杯，再一次認真考慮買一雙橡膠手套放在公司。垂頭對著浸在水流裡的雙手，眼淚彷彿隨時要滾落下來，聽見有人走近，她沒回頭，只是抖擻了下精神，把脊梁也挺直起來，想有個振奮的背影。

柔依在她身後說：「大家要去吃泰國菜，主任一起去嗎？」咖啡還在心口湧動的莉亞看著水流，說：「Sure!!!!」

驚嘆號，尾音拉長，雀躍。

講英文就有這種好處，再無色彩的言語，也沾上了空中英語教室的歡樂感。

柔依是她的助理，不是私人助理，只是分到她這個組，年紀小莉亞一輪，難得有種溫柔的感覺。

莉亞在自己的組裡，除了公事以外，是不太開口的。她就像家族裡的一個害羞的阿姨，坐在角落的大辦公桌遠遠看別人生的小孩辦家家酒，看他們怎樣對彼此講話、商量團購、比較去過的餐廳和去過的國家。有時也互相猜忌，生出些局外人才看得清楚的曖昧……

（年紀大了就開始小看年輕人，不行哪。）

三十五歲的莉亞常這樣提醒自己。

她升職時就下了決心，不要變成自己碰過的那些討人厭的主管，絕不拿自己的情緒跟私事來煩下屬，於是就這麼變成安靜客氣的阿姨，退坐在角落，自己也知道照樣還是討人厭，主管沒有不討人厭的，只是各有各的討厭罷了。

像隔壁組的主任，從早至晚盡情吆喝嘮叨，趕牛似的，連莉亞都為之側目。

當然不羨慕，不過，「如果可以的話」，能有《穿著Prada的惡魔》裡的安・海瑟薇來當助理倒也不錯。

「叫她幫你洗咖啡杯！」庫卓說。

「對，」莉亞說，「洗完檢查。」

庫卓在一家唱片行工作，一有空檔，兩人就窩在街邊的咖啡座上講垃圾話，消磨彼此人生。

「半夜還要叫她訂餐。」

「半夜訂什麼餐？」

「麥當勞歡樂送。」

「穿Prada還吃什麼麥當勞。」

兩人吃吃笑著低頭各自看手機，都在APP和臉書上收發訊息，她註冊了交友APP，隨時跟大台北地區的男士熱情漫談，庫卓註冊另一種APP，跟另一些男士打情罵俏。她化好妝噴上香水去跟陌生男人吃飯看電影，通過這些儀式，確認自己還在人肉市場活躍著，也把之前沒機會穿的洋裝高跟鞋都穿過一輪。約她出門的男人掏錢付餐費買電影票時她會客氣一下，但絕不堅持，女裝的價錢是男裝的三倍，還沒算保養品、化妝品、香水和鞋子，更別說身為女人才會碰到的各種天災人禍了。

她把自己跟范恩間的舊訊息都刪了，聯絡人倒是保留著。有些難為情的是，到現在，她時不時還會傳一些話給范恩，不是責備也不是質問，是夜裡突然好想跟他說什麼，以前很愛的那家店倒了誒，你一直喜歡的老電影出藍光囉，傳了訊，隔天起來就在自己的手機裡刪掉，當作沒這回事，反正送去的訊息總是未讀，范恩一定是把她封鎖了。

思前想後，她也不苛責自己，只是勉勵自己不要癡纏，要學著放棄。

人生在世，總要學著一再放棄。

「你會不會覺得手機裡的聯絡人很怪，你看這個組合，前男友、老闆、網拍賣家，這幾個人根本沒有交集，但被排在一起好像很親，可能他們之間也有一種緣分吧？」

「手機螢幕，妳以為三生石？」

「三C石。」

「哪裡買？」

「全國電子。」

約過兩次會的男人傳訊來問晚上想看什麼電影，莉亞給庫卓看那人的徵友照片，照片裡找了個最端正的角度，看來滿精神。其實，過了四十的男人，加齡臭都跑出來了（虛歲四十的庫卓給她很白的白眼）。不過人還整潔，穿衣品味不太差，有正經工作。庫卓熱情追問睡了嗎睡了嗎？

莉亞聳聳肩。要睡也可以，只是最近都沒吃避孕藥，庫卓揮開香菸的雲霧，一臉茫然：「啊？避孕不是得戴保險套嗎？」莉亞要跟他講雙重防護的好處，庫卓不聽，不聽拉倒。

「那妳趕快吃藥，多睡幾個人，很健康啊。」

「好像不行耶……每次跟不認識的男人見面，我都會覺得自己很可憐，很想哭。」

她沒說自己突然眼泛淚光，搞得約會對象手忙腳亂。

「要樂觀！說不定他在床上跟妳很合啊。」庫卓是堅定的。

假日，莉亞收集了很多聚會，她知道自己不會出席，她會在最後一分鐘傳訊說：「對不起我今天不太舒服，下次再約我哦。」

早早醒來，吃一些不知何時落在冰箱、沒有動過的東西，過期很久的東京banana蛋糕，是朋友去日本買來的，吃起來味道很正常，但想到糕點在冰箱久待的歷史，禁不住微微反胃，不知會不會鬧肚子。模糊中，又睏了。

打開卡通頻道，跌倒的海綿寶寶攤在地上說：「真討厭，乾脆一直躺在這裡好了。」周間比較容易挨過，假日裡，時間大段空下來，不知該做什麼。她總是睡眠不足，輕微水腫，因為沒有范恩帶著到處去，家裡又沒有敞窗，幾乎曬不到太陽，肌肉溶解消失，稍一活動就疲累無已。

經過一陣陣原因不明的死亡潮，近來魚隻的數量直線下降，每天早上眼睛沒睜開前，她從遙遠的夢境回到現實的邊緣上，再一次清點這個世界，就像重新打開上次看到一半的影片，很難準確找到新起點，某些事倒是一刀切的，譬如，范恩不要她了，還有……那些魚！

想到此處她就趕快睜開眼睛去看魚缸。

她已經忘記上次是跟哪個男的一起、又去看了什麼電影，正正經經地穿戴好上電影院約會，共餐時斯文有禮的男人會在暗處悄悄摸她的手，接著摸索她的胳臂，叫人吃驚的是，他們總是撫著前一個約會對象也摸過的地方。她會先裝作不太覺得，爭取時間來自我分析，對方的手究竟帶來什麼感覺？溫度？濕度？一點點噁心？

想躲開時稍作羞態便躲開了，不失禮也不唐突。有些人掌心溫熱，有些人掌心濕冷。不同的男人把手掌放在她的臂上來回摩挲，可惜她一向只是想著，原來現在約會都是這樣的，原來沒有好惡之情的撫觸會是這麼的無機質。坐在這些或高或矮或胖或瘦的異性戀男人旁邊看好萊塢的約會電影，她總是忍不住擔憂，如果核電廠突然炸開，她可要莫名奇妙死在不相干的男人身旁了，想到這，莉亞泛起自憐的眼淚。

同齡的朋友現在多半忙於育兒，談起孩子，有人崇拜有人溺愛，有些人是傲然了。做母親真不簡單，拉拔兒女，自我抹殺。但莉亞沒有媽媽啊……想想，也不知道缺了那麼重要的人生配備，自己是怎麼長大成人的。

小時候，莉亞很喜歡跟同學偷偷跑去附近的寺廟玩，可是，另外兩個女孩就住在附近，莉亞卻得獨自回到小鎮的另一頭，要沿著大排水溝的堤岸走一長段路，大排水溝兩旁都是比人還高的蘆葦，行人稀少。太陽下山前，小女孩子一路嗒嗒嗒嗒跑回家，想著各種恐怖的傳言，有暴露狂啦，有強暴犯啦……她怕，卻忍不住還要到處去，去田裡撈大肚魚，還到處找著爬滿金龜子的鹿仔樹。

莉亞家裡經營一小小鐵工廠，住家就在工廠鐵皮屋層架的閣樓上，上下要爬鐵梯。加蓋的廚房與廁所在工廠後邊。日間鏗鏘不斷的作場瀰漫著鐵腥味，切割鋼板時鋸輪總會噴出火花，而焊接熔鎗的那份幽藍色，她已經看膩了，長大後還不斷的夢見。

在她家，沒人真的高興看見她、看見了也只是被推來搡去，人人教她要畏懼鐵皮屋外廣袤不可測的世界，她卻更怕自己會像被鏈在門口的那條黑狗，終生和食盆、狗糞困在鎖鏈的半徑裡。

她羨慕寺裡住著的那老小幾個尼姑，她們也用剩飯剩菜養了一隻狗，沒鏈住，狗就只是肥墩墩的，大晴天裡，狗在寺院粗糙的水泥地上蹭背，尼姑拿細枝綑成的笤帚掃地，順手用笤帚拍打狗胖大的身子：「來福！來福！又出去偷吃肉……」來福常常十天八天不回來，回來時又肥上一圈。

尼姑們的性教育是無稽的，說男子與女子在一塊兒時，要是女的耳朵被男的吹上一口氣，就會迷迷昏昏，任人為所欲為了。

而今的交友軟體是，男會員要花錢買點數、買ＶＩＰ身分，沒花錢不能傳訊給女會員，即使女會員先留言，男會員不付費也看不見，這是市場機制。既然花了錢就可以爭取主動權，有人早中晚都傳：「安安，吃飯了嗎？」寒暄問安，也有很多人直接要求給line或見面。

「找地方聊嗎？」

「想分享一些色色的事……」

莉亞連會員頭像都沒上傳，也會收到「妳的眼睛好迷人」這類同時發給數百位女會員的簡訊。

「求一夜情＞＜」

鍵入：「你不是我的菜。」

「那，可不可以介紹想泡的朋友給我？」

這倒是……多叫人驚豔的回答啊。

「我現在才知道，在男女配對的市場裡，范恩有這麼多選擇！」

「你們異性戀好亂。」庫卓正在鐵鍋裡炒洋蔥，還加了大塊奶油。

「你看奶油奶油起泡了！」庫卓嫌莉亞多事，終於把她驅逐到客廳，庫卓的男友正在幫他們下載電影。他們也是在手機軟體上相約認識的，庫卓說他跟雷好多次睡在一起後，雷終於問：「那我們是什麼關係？」

說出這句話，就是投降了，是攤牌，是問：「你要不要我？」

庫卓在起點占了上風，但他和莉亞一致同意，感情這種耐久賽，不是光看起跑點，此後還要一路比下去。

「看過就刪，然後又下載。」雷告訴莉亞，「我們已經看了三次《雲端情人》啦。」

三人吃著義大利麵看電影，庫卓很快呼呼睡去，莉亞跟雷差點也要被他的鼾聲催眠了，兩人隔著睡倒的庫卓有一搭沒一搭地聊天，隨片講評。

莉亞說：「哎，要是我買了一個正版軟體，然後跟軟體談戀愛，然後被劈腿，然後軟體又說『I'm leaving.』，那我又失戀，又沒軟體可用，我豈不是太慘？我一定要求賠償，退費！」

「哎，但妳好不好意思跑去跟客服人員說這個啊？」

「哦，大概不好意思吧，因為這個問題很私密。」

「很濕密。」

「超濕密的。」

每個單身女子都以為自己在演《慾望城市》，掀開蘋果電腦就說：「我忍不住開始懷疑……」於是懷疑個不停。但其實真正該花腦筋想想的可能是另一個轉場關鍵字：「在此同時……」在此同時，膠原蛋白只會減少不會增加，卵巢裡的卵子定期成熟排出，排完就無以為繼了。

她又開始吃周期性的避孕藥，月經來過，每天一粒。有人說避孕藥可能誘發癌症，有人說會影響未來懷孕的機能，可是自投胎以來，化為女身，她從小就是被恫嚇長大的，擔心那麼多，還不如吃下粉色小藥丸，人生的未來能見度就大幅提高啦。

「那妳就到處去睡嗎？」庫卓問。

「哼。」

「就是有！」

「沒有啦！」

莉亞先用眼神巡梭咖啡廳裡跟他們同場扮文青的男女老少，才低聲告訴庫卓，她總覺得自己的身體還記得范恩的身體呢！

「那又怎樣？」

「我怕受傷啊！」她很惱怒，討厭自己竟講出這種感情劇裡的壞台詞。

「妳的處女膜已經破掉了誒，」庫卓誠懇的說，「不會痛了啦。」

那些摸她手臂的男人們平均到第三次約會就會把車開到汽車旅館外，問她要先休息還是先吃飯。

「不好意思，我忘了餵魚。要先走了。」此時莉亞就很佩服自己，她挑上的那些會陪她吃晚餐看電影的男人，都是那種會眼直直看她走掉的男人。而這座城，一向站在她這邊，只要往街角的便利商店走去，馬上就能找到計程車司機救駕。

「那妳就不約會了嗎？」庫卓給她白眼。

「我有出去玩啊。」

出去玩，莉亞長了很多見識。譬如，去釣蝦場釣蝦吃蝦，蓄水養蝦的大水泥槽四周立了鐵柱蓋上鐵皮屋頂，夜裡很涼很透風，釣蝦場外的停車場是碎石子地，遠處可見高鐵的軌道橫過天際。拎著啤酒罐的男女抽著菸談笑，孩子在地上跑。遠古的投幣式卡拉OK還可以用，喝夠了誰都狠得下心唱一曲黃乙玲的〈茫茫到深更〉。

鐵網上烤好的蝦串在鐵籤上，兩只眼仁皺縮乾癟，仍是黑灼灼地。

「好吃嗎？」

第一口咬下時有些嚼不動，蝦肉焦香濃郁，紅衣白肉的甘甜裡還是那一絲腥氣最誘人，有野地的氣息，吃著吃著，她很難得的想起老家。

至今，回家路上的風景，是鐵道兩旁注滿水的水田，可憐地挨著電子工廠的鐵皮圍牆，卻仍忠實地映出那一小方藍天白雲。她定居的大城其實也像是一個個小小城鎮組成的，然而卻只有那個灰撲撲的南方小鎮能將她一寸寸拖回她的出生地。每一次，當她在簡陋的水泥月台上步下火車，她的肺便會猛然認出家鄉的空氣，違背她的心思發出大大的歡呼。

或許是聽說莉亞跟范恩分手了，海倫突然急著約她吃飯。

莉亞知道，有些人，是你把自己內裡所有狗屁倒灶的破爛都掏出來給人看了，對方也不會不欣賞你，但海倫可不是這樣的人，跟她只能是：客套，微笑，客套。

海倫約莉亞在一個「迷人」的 café 裡吃午餐，侍者端上各有名目的調味奶油，配著粗麵包吃。餐點不是盛在餐盤裡，而是一人一個小小的木質砧板，上頭放了炙牛肉片、烤馬鈴薯和生菜。特製的湯匙裡捲著一窩義大利麵，明太子在上頭閃閃放光，鹹香誘人。

海倫一邊吃，一邊說她：「佛洛伊德有講，遲到就是不在乎。」

這話講了十多年，莉亞遲到，海倫就說：「佛洛伊德講的，遲到就是不在乎。」

佛洛伊德真的有講嗎？莉亞茫然。她只知道，身為遲到的人，理虧歸理虧，但要看別人原諒（或不原諒）的嘴臉，特別憋悶。

「這餐一千二。」海倫又說，「搶錢啊。」

那又為什麼要吃？要拍照？要打卡呢？

莉亞聽著自己在心底批評多年舊識，更加自我厭惡。她對海倫就有這麼多批評說不出口，只敢在心裡頂嘴頂嘴頂嘴，完全退化，又變成沒行為能力的孩子，一心叛逆、厭惡，也隱隱畏懼著大人，於是陽奉陰違。

海倫是莉亞第一份工作的主管，兩人差了五、六歲，海倫常在土氣的莉亞面前顯擺自己的品味和見識，莉亞起初也有股傻勁，深信漂亮又自負的海倫什麼都懂、什麼都比自己好些。海倫看出莉亞的崇拜，自然樂意在工作上幫幫她，莉亞也滿心感激，後來都換了工作，還一直聯絡著。

如果緣分到此為止，不失為一段佳話，然而感情狀態年年都一言難盡的海倫養成了無數壞習慣，平日不聞不問，感情落空時就拉著人討安慰，無限消耗朋友的同理心。海倫自詡是感情細膩的女子，但她對莉亞的任何際遇，都只是翻個白眼說：「這不是常有的事嗎？」

嫌莉亞沒見過世面，大驚小怪了。

莉亞學會在海倫面前收起自己的坦白，微微笑很世故的用「哦」一聲來代替所有應酬客套，假作熱絡還是可以很熱絡的，只是累。

莉亞冷淡了，不再對海倫露出崇拜的目光，海倫還隔三岔五地找莉亞，只是要確定自己過得比莉亞好。

海倫相信自己比莉亞更值得擁有美好人生，莉亞相信的卻是，自己缺少的就是海倫那種無限自戀、無限自我正當化的能力。

其實也不解，天生麗質的海倫何必跟她比？要是能跟海倫一樣，能對人生缺口粉飾太平、能永遠都是「他人賤如糞土，自己尊若菩薩」，可真是榮獲超能力，不必再跟任何人計較了。

「知不知道我找妳是為什麼？我要結婚了。」海倫自問自答，把手上一個白金鑽戒亮出來。

原本很擔心海倫要問起范恩的，看了那個白金鑽戒，莉亞的心情反倒輕快起來，聽到海倫說：「女人的歸宿就是一個好鑽戒哦。」更是爽朗地笑出來。

海倫看著莉亞一無顧忌的笑容，倒覺得莉亞可憐。認識十幾年了，人不漂亮，個性來得古怪，一點都沒改。自己特意不提范恩，對她體貼入微，她卻不知感激，嘻嘻哈哈的？

當然，海倫也只是在心裡對自己叨念罷了，對莉亞，海倫這邊也少不了許多粗糲的情緒，早早把兩人初識的柔軟損傷殆盡。

人生遇合就是這麼奇妙，莉亞後來對庫卓說：「要是沒有海倫，我們也不會認識。」

「不管怎樣，我們都會認識的。」庫卓難得浪漫地說。

莉亞竟有一點感動。

「最近都去哪裡玩？」

「還是釣蝦。」

約她釣蝦的男人臉龐黑瘦，喜歡喝啤酒。莉亞最記得頭一次跟他見面時，他那張喜不自勝的笑臉，像是不相信自己的運氣。他三十歲，交友檔案上的照片有點模糊，回話客氣，不像那些約吃晚餐看電影的斯文男總愛打高空、愛聊單身的曖昧無奈和孤獨。釣蝦男滿生活化的，談天內容是高麗菜三顆五十好便宜菜農賺什麼之類的。

莉亞有次提到CD player壞了，又不想買這種過時產品，他就堅持要拿自己的舊player給莉亞。莉亞不推拒，跟他說了公司地址。後來傳訊說來了，人在警衛室外等她，莉亞順手拿了客戶送的點心下來，一眼就看見那個叫伍德的，他穿著印有公司名稱的外套、牛仔褲，跟模糊的相片裡穿的根本是同一套。

伍德看莉亞直直朝自己走來，突然慌了，趕快把圓盤型的CD player遞給她，說，「這不必還。」接著掉頭就走，莉亞叫住他，把小糕點交到他手裡，才看到他是笑著，喜不自勝的樣子。

從伍德的笑容裡她看出自己也許是個可愛的女子，至少比她自己以為的可愛多了。

後來伍德邀她出去，不是走吃飯看電影摸手臂那一路，卻是直接邀她去朋友聚會，莉亞抱著出門玩的心情，並不介意跟很多不認識的人唱歌、釣蝦、打保齡球。伍德叫她艾姐，莉亞起先以為這帶點狡猾，是那種世故的人愛用的套路，後來卻慢慢看出伍德的世界觀來。伍德總是要先找到人和人的分際，才能安心來往。莉亞其實很討厭這種稱謂構築的人際關係，她認為這些都來自舊世界，莉亞的世界是新一點的，可以直呼名諱，但也自私一點，各管各的。

伍德向他的朋友介紹莉亞，很喜歡說，「她在外商公司上班哦。哪國的公司你們猜？」莉亞也不喜歡聽這些話，幾次下來，突然有個初次見面的男生皮皮地回道：「外傷不都是那幾種，跌打損傷啦，筋骨啦。」

莉亞對這個皮皮的丹尼就非常感興趣，同桌吃飯時，莉亞的目光也總是隨著他轉，眼裡有種琢磨的神情。伍德焦躁起來，故意追問丹尼跟女友的發展，丹尼不在意地說，對方劈腿，就分啦。伍德顯得更緊張，頻頻偷看莉亞的反應。

丹尼搖手機把在座的人都收進line的群組，還說莉亞：「幹嘛啦、line的暱稱這麼好笑！」莉亞只是吃吃地笑。

范恩也是這樣，一見面就把她全副注意力抓住了，她曾經多麼珍惜地聽他說話，只擔心自己不會再碰到這樣可愛的人。

吃完飯丹尼提議大家直奔基隆港，夜裡吃海鮮，眾人都被說動了，立即成行。莉亞不去，依舊讓伍德送她，伍德這才恢復一點元氣，但已露出全盤皆輸的模樣。路上經過汽車旅館，莉亞趕快推伍德：「去那邊一下。」

伍德愣了愣，車沒停下，就開過去了，但沒等莉亞再一次提醒，他就自動轉進下一家汽車旅館的入口。付錢時控場小姐說，小房間沒了，剩比較貴的大房間，伍德只是掏一張大鈔出來，左手在空氣中微微擝著，表示不必找錢，然後，一下子就把車開進了車庫。

進了房，伍德捧著她的臉親了又親，沒放過手。

做完沒話可說，房間時限到了。穿上衣服出來，兩人默默下樓駕車。到了莉亞家樓下，伍德把手放在她手上，說：「明天接妳下班。」

莉亞胡亂點頭，打開車門走了。伍德看她閃進大樓，又想起剛剛從她衣服裡剝出的白淨身體，心裡起了一陣牽動，方才的爽快就像夢。他決意要好好珍惜這個女人，旋即一陣疲累湧上，回家呼呼大睡。

隔天他發現自己給莉亞的信息都標著未讀，便隱隱覺得不對，但昨天對他來說是太幸福了，他沒往壞處想，到公司領了一天的班表，跑完所有維修點，就提早到莉亞公司外等她，等了一陣，忍不住打給莉亞，電話很快轉進語音信箱。改撥辦公室的號碼，莉亞的助理接了電話，說，莉亞出差了，人不在台北。

柔依這頭和伍德講著電話，隨手寫了張紙條遞給莉亞：「Mr. Wood's call.」莉亞接過紙條看了看，上下對摺起來，接著又摺，摺成一個最小的方塊，手機螢幕突然醒轉，亮了起來，是伍德。莉亞依然把來電捻熄。

之前跟著伍德認識的男男女女當然也說她的閒話，說她騙了伍德。具體一點是說，艾莉亞不就一個臭B，又老，有什麼了不起。

莉亞雖沒把那些人認作朋友，但也氣。有必要嗎？不過就點頭之交，誰又是誰的誰呢？現在她認出舊世界的可怕來了。

「那些人也怪，干他們鳥事？」庫卓冷哼。

伍德不知怎麼，堅信她是礙於女大男小不跟他交往，是不願耽誤了他，因此不斷寫信來自明心跡，說自己很成熟，愛了就是一輩子。

看來伍德也有把一切正當化的超能力。

莉亞沒有之前那樣瘦，對吃東西的興趣提高不少，邊吃火鍋邊對雷和庫卓訴苦。

雷聽得皺眉：「愛跟誰睡還要公審嗎？」

庫卓現在又很同情異性戀了。

莉亞吃了很多來埋葬自己的心事，原來辜負人是很難的，現在知道范恩的好處了，他離開得這麼徹底，消失得一點破綻也沒有。

吃得正熱鬧，丹尼突然line她：「要不跟我交往？」

莉亞沒點開訊息，直接封鎖他。庫卓教的，這麼一來訊息都會留在未讀狀態。她根本不願丹尼知道她看過這條訊息，去你媽的雞巴毛，少看不起人。

睡前在陽台抽菸，車聲人聲瀰漫在城市上空，是溫暖的聲響，不知不覺，長長的冬天也乏了，鳳蝶依然沒來。

大衛第一次到她家時，先看魚：「怎麼就養這一條魚？它會不會無聊？」

「你說小紅豆？」

「它有名字？」

「嗯。」不知不覺就給魚起了名字。

見到人影走近，小紅豆趕快浮沉幾下，靠近水面吐泡兒，等著從天而降的飼料粉。

「小紅豆啊，她……」

小紅豆的故事就在嘴邊了，她的心澄澈明晰，看出自己在范恩離開後，如何來到此刻。曾經瑰麗如翡翠的水草凋萎盡淨終至不復存在，那麼多魚兒逐一死去被她埋在沒有鳳蝶來訪的橘樹底下。而她，她已經從這個故事裡走了出來。

大衛悄悄握住她的手，她輕輕回握。

「小紅豆很可愛吧？我還有好多小橘子樹，你來看。」

——本文獲二〇一四年第四屆新北市文學獎小說類第二名

候診處冷氣很強，有個女人把皮包擱在手邊，裙下的雙腿不時平靜地交替位置，先是右腿狡獪地貼滑過左膝，暫時架在左腿上，不久，再慢慢花時間換過來，雙腿就這樣平靜地在薄裙下挪移，臉上卻是沒聲沒色的。

珠寧抱著自己裸露的兩臂、挺直背脊坐在角落，知道那個女人這麼摩娑雙腿是為了取暖，她也怕冷，躲開空調出風口，還冷得不能動彈，只等掌心下冷涼的皮膚絲絲回溫。

她側頭看窗外，充沛的陽光切入落地窗，熱度卻被隔絕在外。

診所距離她家僅需步行五分鐘，四百公尺遠，這是古狗地圖說的，為了找個地方檢查眼睛，她在手機裡查出十多家眼科，之前根本沒注意過附近這些眼科診所，最近的，就藏身在她家門口的某棟大樓裡。最後她選定了這間，其實常常走路經過，但每次經過時她只會留意對面那座時蓋時停的寺廟。

這都多久了？

先是蓋地基，從混凝土裡生出幾簇鋼筋，很久很久後，才安上了水泥輪廓，外觀是一座大牌坊，一進，灰色八角柱，又一進。接著，工地如鱗戟外露的獸猝然入眠，靜止於棘生的鋼骨，這時期很長，數年間，廟方就著工地旁那幢漆了紅漆的鐵皮小屋為信眾和神明服務。突然，某天珠寧經過時，發現他們又悄然開工了，工地一掃之前頹敗的模樣，神速架好龍骨，然後，眼看廟宇逐漸成型了，旁邊還有座小樓，大約是道場，工人在水泥建物上做出鵝黃色屋脊，龍鳳盤繞。

現在珠寧坐在候診室裡，她的視線仍是飄往玻璃落地窗外，看著馬路對面那座廟的半成品上，爬著幾個很細小的人影。

有個學生模樣的年輕人突然落座，剛好擋在她和廟之間。

她收回視線，看錶，兩點五十五分，她在網路上查過診次表才出門，午後兩點半開始看診，明明兩點半準時掛號的。

大學生也在看錶，他沒戴眼鏡，穿球鞋短褲，露出曬過的頸背和腿，看著就令人渾身冷颼颼的。

診療間的門開了，一個小護士出來唱名：「林珠寧。」

珠寧的手掌放開渥暖的兩臂，重新感到候診處好冷。

護士讓她在一台常見的視力檢查機前坐好：「這裡。」

年輕的男醫師隔著機器檢查她的眼睛。

前一天早上起床時，右眼有點睜不開，單只是右眼，她試著在鏡子前轉動眼珠，右眼整體蒙上了一層薄紅色，不痛不癢，就是發紅，好像漫出紅光似的。左眼沒事。她戴膠框眼鏡去上班，一整天也沒人問她，連她都忘記了，只是眼睛有些滯澀。這天起床看鏡子，沒好轉，也沒變得更糟，可是，不來醫院一趟也放不下心。

「鞏膜炎，沒有感染性。只是一般的過敏。」

不到兩分鐘，她就走出了那個房間，候診處變得空無一人，她在櫃台領了眼藥，聽過用藥的說明後就離開了，那個穿運動衫的男孩剛好跟她一起出來，開闔不甚靈敏的自動門害他們在門前一同乾澀的站了數秒，珠寧從眼角餘光發現對方在打量她，她看了對方一眼，是張好看的臉孔，年輕人一陣慌張挪開視線，此時自動門才滿是捉弄之意地從中緩緩分開，珠寧悄悄舒出一口大氣，立刻把對方的存在忘記。

果然，外頭很暖，她幾乎聽見藏在自己衣領和裙底的冷空氣在陽光下瞬間化成輕煙，嘶聲而去，陽光伸出溫熱的手在她頸背上摸索。她找出包包裡的陽傘，打起傘往家的方向走，她從公司出來時已經請好假了，每年難得的幾天有給病假，三小時、兩小時的用，精打細算。

走五分鐘到家，此時身上微微發汗，路上差點又買了特價的奶油蛋糕，那家連鎖麵包店，永遠都有產品特價，堆在門口發賣，珠寧才想起，上次明明買過了，也算不上好吃。那是三十一歲生日，下班回家的路上，她就在店門口買了一盒特價蛋糕。

午後的天空有雲聚攏，原本布滿陽光的街心落了幾塊雲影，她收起陽傘找鑰匙，請了假要做什麼呢？先看一集韓劇，晚一點再去上一堂瑜伽課吧。加入會員後仍然很久沒去了，真是白花錢。

沖過澡換上寬大的棉衫，在小小的起居室打開筆電準備看韓劇，外頭的雨點忽然紛紛拍上玻璃窗，下雨了，珠寧莫名其妙地想起眼科診所裡那個男孩的眉眼，她認得的，是那個孩子。

她趿著夾腳拖鞋下樓，隔著鐵門就看見了。那孩子在外頭沒錯。

冰箱裡有果汁，她替他倒了一大杯。

年輕人一口氣喝了半杯，才接過她遞來的毛巾，把身上雨水也擦了。

「其實，我在附近見過妳好幾次了，這是第八次，今天才確定是妳。」

「怎麼確定？」

「護士有叫妳的名字。」

珠寧沒說話，她也記得他的名字，不止如此，她還記得更多，除了自己的，還有嘉偉的，即使是十年前的下午她也記得。

那個下午，大概時間太早，竟然只有他們這組客人上門，櫃台的男生熱心地給他們說明消費辦法，一小時一百，但兩百五可以包台三小時。嘉偉買了兩小時，反正他們只是來消磨搭車前多出來的時間，珠寧的車票已經買好了，嘉偉抱了一組球就去選台子，珠寧跟著，也不懂得幫忙拿手套什麼的，真是第一次來這種地方。

為了避開櫃台那個男的，嘉偉挑了角落的台子，又替珠寧買好飲料。地下室的空調很吵，嗡嗡叫，菸味也濃。珠寧像是來觀光的，好奇的目光巡梭不定，她四肢修長，薄襯衫裡兜著繞頸的紫色胸衣，要是她一個人走入這裡，櫃台那男的一定會拚命搭訕討好、自告奮勇教她打球，就跟暑假頭一天，嘉偉跟幾個死黨在六福村死巴著第一次碰面的珠寧跟思妤一樣。

「不要光是看哪。挑一根桿子。」

珠寧哦了一聲，右掌反插在牛仔短褲的後口袋裡，背對著他在桿架前徘徊，昨晚在他房間，她裸身坐在他身上，腳掌輕輕蹭他耳朵，被他一把攢住，吻她的腳底心，她的趾甲蓋很粉嫩，趾緣是半透明的乳白色，像海灘上被潮水和沙洗磨過的貝殼。現在，珠寧穿著涼鞋在有裂紋的地磚上閒步，漫不經心的雙腿在桿架前開合不定，彷彿左右腿都懶怠，沒打算支住身子，不時要換個重心。

嘉偉替她選定一根球桿，又細心教她瞄準母球，她俯向球台，腰背在他的掌下微熱，他摸索她的身軀，指頭爬上她垂著散髮的後頸，珠寧不時回頭對他笑一下，要他看她推桿的成果。她總沒能把球推進洞裡，厭煩了，後來大半的時間裡，珠寧只是啣著吸管倚在球台邊發呆，嘉偉在球台上琢磨幾組球，兩人有一搭沒一搭的講話。

「威力回美國了。」

「思妤跟我說過。」

嘉偉的另兩個高中同學都在追思妤，他們一共三個男的去六福村玩，遇到珠寧和思妤以後，三個都瘋了，先是排隊排一起，他們問問題，女生只是一直笑，之後三個男的就一直跟著她們轉，請她們吃冰淇淋、請她們吃飯，尤其是那個假ＡＢＣ、念完高中就去美國念書的那個威力，他特別有錢，另一個王以豪則是土台客，他贏在跟思妤一樣都是念師範體系的，又沒有時差。

客運站旅客很多，有些家庭全家都來了，提著大包小包，獨自來乘車的中年人，微撅著嘴在讀一本佛經。背著登山用具的幾個年輕洋人，混著中文英文說話，妙齡的金髮美女，滿肩白皮膚上密密匝匝都是麥色小點，嘉偉與珠寧在邊上站著，珠寧已經先打過幾次電話叮嚀弟弟晚上要去客運站牌接她回家，她家在南部一個小鎮上，客運下車的地方是某個交流道。

她早上洗頭時用了嘉偉姊姊的洗髮精，吹乾頭髮花了半小時，嘉偉聞著那股對他來說很家常的味道，有點發顫，他啊，他對心裡一波一波的恐懼很反感。

「一開學我就去找妳。」他倆的學校還比較近，珠寧在台北，嘉偉在宜蘭。

「好啊。等我課表出來。」珠寧輕輕踮腳，用額頭蹭了他下巴一下，嘉偉對她的親暱卻是一陣不樂。

沒經驗的是他，他之前沒交過女朋友，珠寧卻有過男朋友。他根本不知道怎麼就會有個女生跟自己有關，他還沒習慣，覺得很陌生。

珠寧轉頭看他，他看珠寧，眼白裡有發光的一點藍色。

「車來了。」

「嗯。」

珠寧就去排隊，回頭找嘉偉，剛好看見他匆匆走掉的背影，幾乎是倉皇而逃。

客運一下子就上了高速公路，車速快，車裡卻是急流中才有的平靜，珠寧陷在寬敞的飛機座椅裡，頸子左右轉著，想找一個窩，睡不著，又翻出手機重看那封一上車就收到的簡訊。

「路上小心，到家打給我。愛妳。」

車票是嘉偉替她買的，怕她不肯來。嘉偉爸媽跟團出國，嘉偉跟姊姊說好，讓珠寧來住兩天，珠寧則是跟家裡人說要去思妤家玩。

鎮上空蕩蕩的，二輪電影院外趴著幾條狗，和售票員像一家人。木框裡的海報年分已久，配著上了鎖的玻璃拉門。嘉偉跟姊姊走路來接她，帶她去唱下午場的KTV，三人在包廂裡喝啤酒吃滷味，怪腔怪調唱粵語High歌。嘉偉的姊姊叫秀雯，秀雯身材粗壯，團團大臉倒圓胖可愛，在省立醫院工作，嘉偉對秀雯講話很苛，秀雯沒他那麼賤嘴，被嘉偉酸了，便伸手狠命打嘉偉兩下，然後爆出一陣樂不可支的笑聲。珠寧也笑，自然往嘉偉身上靠去，他就不好意思了，秀雯也不窮追猛打，又開始吃零食、翻找歌本，這時嘉偉才敢看珠寧的臉，珠寧只是注意摸他後腦勺，剃青的髮根裡好像有個痘子，才一摸嘉偉就喊痛。

唱完歌秀雯去醫院上夜班，他們走路回家去，嘉偉幫她拎提包。家是瘦長的獨棟三層樓，打掃得很乾淨，地板窗戶都有年分了，卻光潔明亮，泛黃的瓷磚地本是白色的，卻因微微黃色更顯得年深日久，而擦地板的人如此落力。後陽台外是個小坡，鐵窗格上攀著絲瓜蔓，黑色大螞蟻列隊繞著遍布絨毛的綠藤旋轉，看久了都為他們頭暈起來，屋裡隱約有股乾草的味道，是在燒艾絨驅蟲，嘉偉去浴室洗過，回來就抱著珠寧傻笑，兩人衣服都穿得好好的就是，珠寧一直念著他後頸那個痘子。

「衣服脫掉就讓妳擠。」

「神經。」

衣服當然脫了，痘子也給她擠，嘉偉頻頻呼痛，真的痛，那個痘子藏在短短的髮根之間，膿頭已經發黑、微微隆起，她硬是把埋在皮膚底下的膿包擠破，擠出的膿血裡竟還混著數個白色、不勻整的顆粒，堅硬如骨如牙，接著再擠，忽然鮮血直冒，用衛生紙抹了幾次都沒抹完，只好拿化妝棉一直按著，珠寧看見自己指掌都染紅了，摸到什麼都黏答答沾了指紋，鐵鏽味瀰漫。

他翻過身來抱著她，身體烘著身體，拆開的保險套在他們手上傳來傳去，她起先一直忍笑，任他去試，但情慾也像月亮悄悄爬升，屋外更靜了，蟲鳴放聲，她摟過他的後頸按在自己胸乳上，沾在傷口上的棉屑掉了，他們已經翻出肚腹，坦露最脆弱的，羞得沒法說話，只能行動。

珠寧試著嗅聞身上的氣味，沒找到嘉偉留下的，身上都是撞球場悶悶的陳年菸味。

「路上小心」、「到家打給我」、「愛妳」這個魔咒維持了一段時間，然後漸漸褪色，嘉偉每個月都去台北找珠寧，但他們還是開始對彼此厭煩，厭煩會傳染，就像無心忍住一個呵欠，發現任何解釋都很麻煩，還有，費力維繫這段關係過於無聊。

珠寧原本就不愛說話，嘉偉心情不好時會刻意想激怒她，她更不說話，令嘉偉想起那種不知打哪來的蜻蜓，冷冰冰的，還會引來壞天氣，叫人心裡不痛快。不見面時嘉偉也想念她，覺得她好，可是見面卻說不上話，他受不了她美麗又有彈性的身軀擁抱時給他那麼鮮活的感觸，可是一做完愛，她會靜得彷彿不在，射精後特別脆弱的是他，他怕得像是剛剛才發現自己一個人待在曠野裡，身後的黃昏無邊無際湧上，甚至，好想媽媽。

有一次他真的沒時間去台北，一個月後，他又找了藉口不去，心裡好像逃過一劫，想她的心也淡去一層，到了第三個月，珠寧自己提出要去找嘉偉，嘉偉表面說好，但才到車站接了珠寧，他就說他非要去社團開會不可，還有點狡猾地說：「妳也可以來啊。」

她不肯，於是她發現自己一個人在他房裡坐著，坐在床上，身邊擱著包包、脫在一旁的大衣，早上在台北買的糯米飯糰忘在口袋裡，現在滾了出來。

嘉偉的室友回來過，兩人打了下招呼，室友又害羞的走開了。

冬天的傍晚很短，過了那一時刻天就黑了，路燈吸引了很多蚊蟲，嘉偉騎車回來，發現珠寧用他的電腦在看他的A片，他特別熟的那片，他吃驚地開了燈，珠寧倒一點也不吃驚，只是傲慢地回頭看他，眼裡滿是挑釁，他第一次覺得珠寧長得好怪，哪有人五官組成是這樣的。

一回神才注意到A片裡女優的叫聲在靜靜的夜裡很誇張，他趕快去把影片關掉。

「我要走了。」珠寧穿上大衣，拎起提袋。

「喂、不要鬧了。」他結結巴巴地說，不妙，真的很不妙，看來是要分手了，腦袋裡卻有另一個念頭，也想就這樣讓她走算了。

珠寧推開他下了樓梯，慢慢走到路上，他似牽線人偶般跟著，靛藍色的晚上，珠寧的背影不一會兒就融化在夜裡，他趕緊跟上幾步，沿著這條路直走會慢慢回到市區，但附近滿僻靜的，還有些水田，他隔著一段距離跟著她，心裡反覆對自己說，好了，她要走了，以後不能見面了，於是很哀戚，覺得一切都要失去了。走了二十分鐘後才想到，哎！應該騎車跟著她才對，這時珠寧突然第一次轉過頭，一下子就碰上僅隔著三步遠的他。

「片子在哪買的？」

「夜市。」

珠寧又轉過身要走，他趁機趕上去，捉過她的手，握著，珠寧也沒甩開，兩人沒作聲吻在一起。雖說是難得有人經過的僻靜路上，往來經過的幾輛摩托車還是叭了他們好幾聲。

珠寧原本想好了，分手的事，她一定要先提，然而他們只是默默回到宿舍，洗過澡抱在一起睡到隔天中午，醒來後，她不肯吃早餐，又開始收拾東西，說要走了，嘉偉騎摩托車載她到市區搭火車，珠寧趁嘉偉慣性閃人之前抓著他，拋下一句：「我們分手吧。」一說完，她自己都知道自己滿臉放光，有多得意，接著輕輕放掉他的手，轉身入閘。

嘉偉突然心痛如絞，彷彿從交往之初他就預見並且畏懼這個場景。

回宿舍他躺了兩天，有個報告很重要，雖然已經寫得差不多了，還必須起來從頭至尾校兩遍，他只得把電腦螢幕拉到床邊一個字一個字出聲讀過，那片該死的A片還在光碟機裡面，他沒能看，因為珠寧瞪視他的眼神還沒能抹去，他不知道能不能專心尻槍。

有時他也會想到，自由了，我自由了，一時輕鬆得呼吸都特別順暢，然而很快又跌落到絕望裡面，什麼都沒滋味，連打個電動看看漫畫都沒勁，連笑話也聽不懂，完全開心不起來，他都不記得沒和珠寧在一起的時候人生裡還有沒有值得一提的事，度日如年中某天秀雯打電話來，在手機那頭聒拉著說她前幾天和幾個同事去台北看演唱會，珠寧出來陪她們練歌，唱了一整個下午。

「珠寧？」

他氣憤得哇哇亂叫，不知道自己捱過這個禮拜是為什麼，於是搭車到台北找珠寧出來，在巴士上甚至越來越覺得奇怪，他怎會拖到現在才來，他忍著不要太早打電話給珠寧，怕珠寧不肯見他，一直等到他人已經到了珠寧跟同學合租的公寓附近，又開始擔心珠寧根本不在。

等他坐在麥當勞裡與珠寧一起喝可樂時，他默默想著今天一早起床時根本沒想過自己會出現在這裡，可樂杯裡冰塊多，氣也足，用吸管吸到嘴裡，只好硬嚥下去，噎得胸口冰冷，幾近哽咽。附近有一組高中女生，尖叫又吵鬧，一個國中生模樣的男孩子，穿著海綿寶寶襯衫，帶著耳機，無動於衷地在寫習題。他和珠寧各自點餐以後，一人端一個餐盤上樓找位置，兩人半天沒講話，珠寧專心在吃麥香堡，她捧著麵包、洋蔥、起絲、牛肉餅和番茄片組成的黃白紅棕，一小口一小口啃咬下去，彷彿跟平時的她沒有什麼不同，可是嘉偉看出她凝視漢堡的眼睛裡蓄滿淚水。

「哭什麼……」他忍著鼻酸抱怨，聽起來更像是他自己在哭哭啼啼。

「我只是月經來了。」珠寧胡亂擤過鼻子，從包包找出一個瘦長的棕色信封，去上廁所，她總是把衛生棉片放在裡頭有泡泡紙的牛皮信封裡隨身攜帶。

珠寧在洗手間裡換了衛生棉片，用洗手乳仔細洗過手，擦乾，看著鏡子，自己發了一會兒呆，現在她鼻子發紅，眼睛下的紫暈擴大浮現，糟透了。她繃起臉勇敢走到外頭，在嘉偉對面坐下來，一堆薯條都還沒吃完，她決定吃完薯條之前不要講話，她常常這樣，能夠把嘉偉急死。

嘉偉看珠寧幾乎面無表情地吃薯條，機械式地沾番茄醬，送進嘴裡，卻微微猜到她的心思，自己這頭倒不再心煩意亂，一旦看透了珠寧，就像帶著透視眼玩牌，每張牌面都像已經翻開的。此時高中女生吵吵嚷嚷的正要離開，其實她們十分鐘前就彼此說要離開了，但有人要去上廁所，有人手機沒電想要充一下電，此時國中生想是終於受不了了，把餐盤拿去回收台，細心分類所有的杯子。

「不要分手。我會改了。」嘉偉說。

珠寧看他一眼，開始無限委屈的掉眼淚，嘉偉把薯條推開，兩人隔著桌子手拉手，眼睛對眼睛半晌沒說話。

突然雷打似的轟隆一聲，兩人跟著桌子一起翻倒在地上，碎玻璃恍如大雨暴灑，將人影一個個釘在地上，珠寧耳裡還隆隆作響，四處都是軟綿綿的濕透的人體，沒有光，像爆炒的鐵鍋突然倒覆過來，火燎與煙氣抽光了氧，她沒有睜開眼睛。

後來，即使醫生說珠寧的眼睛一點問題也沒有，她仍然看不見任何東西，各種新聞都是弟弟跟她轉述的。最初採訪的電視台誤把她的名字跟國中生的名字相混，創造成了兩個不存在的倖存者。死者名單倒是，一點也沒錯，嘉偉的嘉也沒被寫成「家」或「佳」，休學期間珠寧在老家復健，慢慢看得見了，秀雯來看過她。

復健室裡有好幾本圖集，是做色盲測驗的畫冊，綠點裡有藍、黃、淺桃紅的小點，密層層地旋轉，她很愛翻看。那幾個月，家人每天輪流送她去醫院，諮詢師讓她在一到十之間做選擇，意外發生後，我感覺很困擾，十分，意外改變了我的人生，十分，我還不能接受意外帶來的後遺症，十分。可是她漸漸好了起來，回學校把學分補完，僅僅晚了一年畢業。

嘉偉的塔位在他祖父母旁邊，說是家人之前的一筆投資，秀雯一邊說笑一邊擦眼淚，嘉偉的父母見了珠寧，沒說什麼話，最後才說：「一切都是命。」

珠寧聽成「一切都是夢」，卻立刻警覺這是誤聽作祟。若是任憑自己一路歪斜，世事會扭曲成什麼瘋狂又便利的模樣呢？

嘉偉沒死卻是跟威力去了美國，當初不該說要分手把他氣走。又或是，推說在夜市買的A片其實是他演的，他去東京當男優，此後她認真搜集他主演的A片，中出口爆全都來，愛人無鎖碼，永遠纖毫畢露、栩栩如生。

只因「一切都是夢」，她雖活著，她經歷的也如雲煙，能笑著給嘉偉說一遍，但很可能因她性格彆扭而不肯說，最後越問越拗，弄得他大吼大叫，兩人淚眼相對。

秀雯嫁了那個陪她到台北聽演唱會的醫檢師，連生了三個精力旺盛的男孩，中間一個繼承了娘家的香火，長得很像嘉偉，脾氣也有點像，很早就問：「為什麼我們家只有我沒姓張啊？」

有次孩子摸著秀雯的臉孔問臉上這是什麼、那是什麼，珠寧在旁不經意地對孩子說：「等你以後長了青春痘，姨幫你擠。」說完，自己恍惚半天。

從國中生突然長成大學生的男孩、名字跟她混在一起的男孩，淡淡地說，「那幾個女生很吵，也沒做垃圾分類，我在心裡想，妳們都去死好了。」

珠寧平靜地看著他，卻記得當時她明明覺得很幸福，失而復得了，喜歡變成厭惡又變成喜歡，還以為會這樣反覆下去好幾次，至死不厭，已經打定主意，心甘情願要受折磨、要為情所困，沒想到迎來這樣的相思。

「後來，我覺得很可怕很可怕，幸好醫生叔叔人很好，我過了很久才好起來。」

珠寧點點頭，「你眼睛怎麼了？」

「我做了雷射手術，去回診。」

珠寧又點點頭。

「妳眼睛還好嗎？」

珠寧點頭，才想到拿了眼藥回來，卻根本沒點藥。她默默從包包裡翻出小瓶裝的眼藥，取下眼鏡，在右眼上點了一兩滴，窗外的雨聲還很扎人，一口氣也沒歇。

「我常常想到妳，我在想，為什麼只有我們還活著呢？」

珠寧在戴上眼鏡之前，兩個眼睛看向他，一邊是紅通通的，一邊是正常的，彷彿同時看著兩個世界，然後才慢吞吞把眼鏡戴上。

「這只是暫時而已。暫時活著而已。反正幾十年後也會死。可能明天也會死。」她氣短，每一句話都說得像最後一句。

「我不喜歡這樣想，」大學生很排斥地說，「這樣就表示，妳一直都跟那些過去的人站在同一邊。」

珠寧很欣賞他的說法，她沒想到自己還跟那些已被埋葬的人在一起，她還以為他們是被命運遠遠的分隔在兩邊。

「因為燒燙傷，我晚了一年上學，我媽媽把工作辭掉專心陪我，我爸爸本來很少回家，後來變得比較常回家。可是只有那一年而已，後來他們還是離婚了。」他年輕的臉上約略閃過一點情緒。「我的傷疤都好了，一點也不明顯，但是肚臍變得很奇怪，好像包子的肚臍、被揑在一起的包子肚臍。」他自己噗哧笑出來，珠寧也被逗得微微一笑。

「妳可能會覺得有點奇怪，但是那天之前，我常常在心裡跟海綿寶寶討論事情。那天以後，海綿寶寶就不見了，再也沒有回答過我，我想，海綿寶寶已經走了……他可能代替我死掉了。」

大學生透露心裡的祕密時，珠寧突然瞥見窗外的雨已經止住，她起身打開玻璃窗，空氣溫暖又新鮮欲滴，澄明的陽光斜照入來，她回過頭正想對大學生說些什麼，卻看見他的皮膚在夕陽中閃閃發光，一片片如白花隨風飛舞，捲出一個個小旋，又像上千小蝶一同振翅而飛，他的面孔看起來更加親切多情，像一泓清泉傾出，在房內徘徊流洩，一度打濕珠寧的雙腳，最後悄然無聲的沒入地板，只留下一圈圈幾不可辨的水漬。

一切靜止後珠寧獨自在空無一人的屋裡耳鳴，她找出壓在抽屜最底下的習題冊，秀雯送她的，裡頭有嘉偉斷斷續續沒寫完的日記，她翻開空白頁，記上這個下午的對話。

男孩說的沒錯，這是第八次。

——寫於二〇一四年夏天

安靜・肥滿

我常常在一瞬間想起了很久很久以前，已經忘記的某種感覺，尤其當我還醒著、而夜晚又尚未結束的時候，深邃的夜，吸吮著我的所有，同時釋出更多，我覺得自己像是在海底裡翻轉，無聲地攪動，於是我航行在夜晚巨大的胃袋裡，被過去遺忘。只留下深深的沮喪。

我只有把眼睛閉起來，聽著微弱的蛙聲，若有若無的響，我試著將自己塞進空白的睡眠，天空已經轉成青白色，月亮的殘片掛在天際，正逐漸地同化成為青色天空，我開始胡思亂想，把電風扇轉到弱這個字，拔掉電話線，把棉被蓋在臉上，一切都準備好了，門也鎖好了，我的腦筋慢慢地變成一片空白，就像是拼圖的碎片開始剝落，又像是被雨水洗掉的風景畫，露出了原本的白色，空空的、什麼也沒有的白色。

我照慣例為自己編一個床邊故事。

不過，也許是因為腦袋已經空空如也，我的床邊故事大多非常的乏味，幾乎都是從腦海裡跳出一個男人，而這個男人不顧一切的愛著我。

然後我就睡著了，做了和男人一點關係也沒有的夢，甚至我還來不及搞清楚他為什麼要不顧一切的愛著我，生活的浪潮竄進了八十巷，淹沒了我，街上的叫賣聲和我糾糾纏纏的滾進夢鄉。

「醒來之後我就要把房間裡的電風扇關掉，然後溜到客廳看新聞台在播什麼。」我一面覺得自己無可挽回的往意識的底層淹沒，一方面卻意外清醒的對自己說。

通常我會持續睡到午後才爬起來，值得慶幸的是，等到那個時候，我做的夢就已經像是在壁櫥底下塞了很久的小說，被蠹蟲吃得什麼也不剩，只留下不連貫的無聊情節而已。

但有天上午，當我還直挺挺地躺在那張撿來的單人彈簧床上，安靜的像是某個無生命體的時候，有一個人在我們樓下大聲的喊叫，那是郵差在喊我的名字，我一邊無意識的數算他叫喚的次數，一邊覺得身體裡的血液正在慢慢地融化，然後流進僵直的四肢。

郵差先生終於走了，我走到客廳，拉開窗往下面看，一團綠色的影子正好隨著噗噗作響的摩托車離開。過暑假的小孩擠在巷子裡玩棒球，在我看，他們只是不厭其煩的輪流把滾出巷口的球撿回來。夏天的氣味浮在北台灣的屋頂上，蒸出陣陣醬油滾豬肉的鹹味，就在這時候，玻璃爆破的聲音突然震得我耳內嗡嗡作響，幅射狀散開的玻璃碎塊彷彿意味深長的威脅。

他們把我的窗子打破了。

我對樓下的小鬼探出頭，五、六個制服上衣沒紮好、穿著涼鞋和短褲的小鬼都翹起頭來緊張地盯著我，眼珠子轉來轉去，我跟他們一樣啞口無言，肇事的棒球出其端正的靜止在我的電鍋蓋上，看起來簡直就像是買電鍋附送的贈品一樣。

我動手把那些大片的碎片撿起來，放進一個紙箱裡，電鈴響了，我去開門的時候順手把那個棒球撿起來，握在我的口袋裡。

「那個、是我打上來的。」站在門外的高中生說，我向旁邊瞄了一下，還有幾個人擠在一邊緊盯著我們。

因為我穿著又長又寬的T恤，又剛睡醒，所以我很乾脆的拿出口袋裡的棒球遞給他，「賠我換玻璃的錢。」

高中生沒接球，卻突然的很內疚了，眼睛低下去，

我看見自己握球的掌緣已經割開一道淺淺的血口。

「多少錢？」高中男生低著頭看我。

「換了才知道。」我把球塞進他手裡，「我找房東幫我換。」

「不行不行，那我爸就知道了。」一個躲在門旁邊的男生一邊說一邊在胸前小幅度的擺著手，他是我們房東的小兒子。

「我會跟他說是我自己打破的。」其實應該順便訓訓他們，不過很麻煩，「反正你要賠我錢就是了。」我沒頭沒腦的說，然後把鐵門關上，高中生隔著鐵門上的空隙湊過來說：「妳的手咧？」

「手的事不用賠。」

我關上門以後，就繞過玻璃碎片走回房間，接了兩通電話，還順便打電話給房東。洗過澡，手掌上的血原本已經凝緊，沾水之後全掉了，剩下粉紅的一道肉色，重新滲出血來。

最近又開始變胖，以前可以穿的衣服都變緊了，眼睛下面的細紋則是早在二十歲前就開始出現的，我檢視浴室裡那張布滿蒸氣的缺角鏡子，彷彿鏡子裡面的人會突然說些什麼似的，我張開嘴，鏡子裡的人也張開嘴，像是有什麼難以啟齒的話，無聲的蠕動著嘴唇。

冒險套上可能隨時會迸開的牛仔褲，我走路到了打工的地方去上班。

我在便利商店打工，以二十六歲又曾經大學畢業的我來說，長時間在便利商店打工似乎是一件很浪費的事，所謂浪費，指的完全是金錢上的浪費，現在還領時薪，一起做同樣工作的女孩子和男孩子多半都才十幾歲。可是我也一直沒想要改變，公司用ＰＤＡ在網路下單訂貨，我不碰ＰＤＡ，弄得店裡的同事都懷疑我低能之類的。

其實我只是，凡是要負責任的事，我都不想做。

巷子裡的小孩跑光了，路上空蕩蕩的。附近人家愛種九重葛，一重重披下，滿是翠綠葉片的枝梗上，鑲著紫紅色繁碎的花，這一帶舊公寓，繞著傳統市場一層一層毫無章法的組成，是生活所築起的超大型迷宮，首先是市場和廟宇，然後這兩者又將更多人的生活拉進漩渦，八十巷就是其中的典型，它像是正在旋轉著，斜斜的，稍微有點彎曲，站在巷子的一頭往巷子裡面望，看不到出口，也看不出它通往何方，除非親自走到另一頭去，小心避開輻射狀刺出的弄堂，仔細地從門牌號碼上的增加或減少裡找出規則。

但是等到弄清楚自己正在從巷頭走到巷尾或是從巷尾走到巷頭，另一條巷子又來了，巷子們從不同的街穿出，又發展出不同的弄，相互交錯，門牌號斷斷續續，以莫名其妙的邏輯剪斷或承接，很容易讓人聯想起一邊跳著走一邊亂叫的跛腳貓。

我很驚訝的是，等我下班回到家，玻璃窗居然已經換好了，屋裡只多了一張七百八十塊的帳單。那幾天房東的小兒子在放學的路上遇到我，總一臉裝出來的若無其事，也不管塑膠水壺在膝前亂撞，便直直走過來叫我的名字，後面加個姨字。

不是放暑假了嗎。基於共同的祕密，我也若無其事的問。

要上暑期輔導啦。恰如其分的，他表情成熟，有點厭倦的說。

高中男生跑來還我錢的那天，我正好放假，準備待在家裡看一整天的電視，那是一個陽光微弱的下午，天氣並不熱，只是非常的悶，好像有人突然把台灣的蓋子蓋上了一樣，悶得說話都會有回音。

我從抽屜裡找出兩百二十塊的鈔票和零錢，順便連水電行給我的收據一起給他，他連看都不看，就塞進長褲的口袋裡，然後說：「妳的手怎麼辦？」

我的手沒事。

高中男生發現客廳裡什麼都沒有，只有電視、放電視的矮櫃，一張當作椅子用的和室桌，和大同電鍋，他大概想不到我在客廳用電鍋煮飯和湯。高中男生在我的客廳裡打了幾個轉，因為他個子高的關係，我的生活空間變得比平常小很多。

「妳都不用工作？」

「我在7-11工作。在那邊。」我先是指著東邊，想想，其實是西邊。這附近的人都知道我在哪裡工作，作為一個便利商店的店員，很多我不認識的人都認識我。

高中生聳聳肩，「我住很遠。」

我覺得差不多應該結束談話了，就率先走到門口，高中生慢吞吞的跟上來。

再見。他彎下脖子對我說。

再見。我說。

本來事情可以就這樣結束的，但不久之後，下雨了，有雷，雨水像瀑布一樣潑下來，我下意識地站起來走到窗前——幾乎連視線都沒有離開電視，我把窗戶關上之前，卻瞥見高中生站在對面的屋簷底下。

我喊了他幾聲，聲音卻都被吸進遭雨水占據的世界裡去了，明明很有力的從喉嚨裡發出聲音，覺得自己的聲音甕聲甕氣的，耳朵裡沖激著雨聲，不能肯定自己是不是有發出聲音，好像探頭到一個井裡去了。

我疑惑地走下滿布灰塵和涼氣的灰暗樓梯，高中生正在望著大雨發呆，一點也沒注意到，有人隔著這樣白花花的大雨在打量他，我暫時這樣看著他，其實這個人與我無關，他的面孔在雨中看來更加生稚，剛撐開了形狀，還沒上好顏色。

隔著巷子對他招手，他卻露出困惑的表情，認不出我是誰，大雨讓空間遠遠的拉開，連這樣走兩步路都變得非常的艱難，我張傘，迎著他走去，眼看著他的表情從訝異、詢問到微笑，彷彿時間也拉長了，當我跋涉到他立足的簷下，我幾乎錯以為我們是很熟的朋友。

怎麼不回家，上樓的時候我問他。

我家很遠。

那你怎麼找得到我家？

我用鑰匙打開門讓他進來，他在門墊上蹭掉泥水，然後伸出手來，張開的手掌裡有一張摺過的濕紙片，「我有記。」

那張紙上畫了從八十巷到公車站牌的路，曲折得不可思議，其實只要橫越過菜市場，就可以走到公車站牌。我這樣跟他說的時候，他好像有點沮喪。

因為沒有椅子，所以得坐在和室桌上看電視，遙控器在手上轉來轉去，國片台在播《唐伯虎點秋香》，我們互相炫耀自己記得的台詞。我請他喝用冰水泡的即溶牛奶，加很多糖，他說：「嗳，妳就是喝這種東西才會胖。」

雨停之後高中男生向我要E-mail，說要寄周星馳的經典剪輯給我。

我第二次送他走到門外。

「聽說下雨天認識的人都會變成朋友。」他隔著鐵門說。

「可惜我們是在晴天認識的。」

「啊，那個是意外啦，誰叫我臂力很強啊。」

哦，是哦。

又一天，我睡得沒那麼深，清楚的聽到寺廟的廣播，從那天早上開始，一整個禮拜間，帶白色草帽和墨鏡的老人們，輪流坐在媽祖廟的廟門口，拿麥克風不間斷的念懺文：「祖先先靈受苦……宿世因果而來的冤親業障債主，牽纏侵擾陽世子孫……宿世冤欠……」

信箱裡出現一種黃色的紙，印正紅色的字，上面把業報跟功德的因果詳細列舉出來，我拿到以後，就拚命找裡面有沒有說明肥胖跟業報的關係。

我又胖了很多，脫下牛仔褲之後，肚子上總是久久消不掉的一圈紅色勒痕。九玄七祖的先靈都在等我超渡拔薦，消解我身體腫脹的苦厄，一抵一償。

不過我有更好的辦法。

我放棄牛仔褲，走路去市場，那裡有很多秤斤賣阿嬤衫褲的攤子，買了好幾套棉質、鬆軟的衣服，我特別喜歡一件畫了藍色袋熊的上衣。

安靜，肥滿。

我的肚腹不再受到壓迫，渾圓的小腿和膝蓋之間出現了肉渦，乳房沉重，從腋下緊張的開始了彎弧，將鬆垮的棉布衫填飽填實，脖頸安分的馱著，感覺頸上的皮膚和肩背以下蔓生的贅肉厚厚連成一片。

還是熱中吃飯，從便利商店帶便當回來，在家裡吃，將空的塑膠便當盒洗洗乾淨，成疊丟掉。偶爾我也煮飯，在巷口買一家便當店的炒菜，自己煮一鍋湯。

夏末的空氣平展乾脆，像一片漫沒無際的金沙，每一粒沙都挾著溫度的細刺，一一灼在裸出的手腳、臉上，看得多，連眼睛裡也有了，慢慢的，眼中熱漸次熄去，夏日風景瞬間燒化褪色，像金紙桶中才爬過火苗就鬆白灰去的金箔。

中元節過後，滿街巷裡的紅燈籠仍然夜夜亮著，是紅色的冰塊。

有一天，高中男生晚上來找我，他穿制服，在店裡走來走去，店很小，沒什麼地方走，最後他只得在放雜誌的轉角站著，拿一本運動雜誌，眼睛看我，也沒有笑，很嚴正的與我相認了。

看起來有長大一點點。

我穿上外套，走出店門，他上來勾住塑膠袋的提把，於是我們一人一邊，隔著便當走在路上。

他正經的看著我說，一字一頓，聽起來很埋怨。

「變胖了啦。」

他說著，我在笑。我突然想起我是有一個弟弟的，我養母的兒子，小時候也叫我姊姊。想起這些，我抬頭四顧，巷裡已經落黑，街燈真遠，彷彿轉入死路，腳步一近，卻聽見人家的音響裡傳出了流行歌，於是牆裡牆外都聚滿了人煙。

音響裡放的是周杰倫的新專輯。

我告訴他，我們巷子裡住了好幾個周杰倫，每天早上都練歌。高中男生說他也喜歡周杰倫，但是不唱。

我們不唱。

我們在房間裡吃飯，我窩在單人彈簧床上，看他呆呆的喝著可樂，上網。

高中男生為什麼來找我呢？我沒問他，他也沒有說，我翻開從圖書館借來的小說。或許我不該讓他發現，生活其實可以那麼無聊、漫長，應付應付。

最後他睡著了，也沒有洗澡，歪在拼圖地板上，手裡捏著被角。

過了夜裡三點，附近菜市場裡的雞開始啼叫，牠們被塞在生鏽了的鐵絲籠子裡，過不了多久就要被宰殺，但雞叫的聲音非常溫暖，像是溫和的提琴在妳的心上鈍重的拉鋸，包含了所有粗糙的溫柔和善意。

我閉上眼睛，彷彿在長久不間斷的鳴聲中浮升，雞啼不止，接力把我沉重的身體運送到消逝的地方。

隔天他還沉睡著，我穿上胸前有藍色袋熊的衣服出門，去郵局領三投不遇的掛號信。

我養母寫信給我，信中她這樣寫：「……妳媽媽如果還活著就知道，我沒跟妳拿過錢，我不是那種人，我在社會上也有地位，妳弟弟不像妳……」

信裡夾了一張某個私立學院的註冊繳費單，學生姓名處印著弟弟的名字。

我昨天才記起自己有一個弟弟呢。

這個在回憶中重新又出生了一次的弟弟，小我兩歲，屬龍的。小時候他皮膚特別白，秀氣得很，家裡不太讓他走路，幾乎到哪都被人抱著。

大概是弟弟剛從南部的大學被二一回家的那陣子，他開始上廁所不沖水，我第一次發現的時候，立刻捂著鼻子沖掉了，心理懷疑家裡的老人，但爸爸才過六十不是嗎？

漸漸我才發現是弟弟。

家裡的人一定也都知道了，卻只當沒這回事，之後每當廁所臭氣沖天的時候，我就遠遠的躲出去，等到有人去沖馬桶為止。

我記得，我也抱過弟弟。

他個子小，所以剛開始抱起來並不費力，然後，愈抱愈沉重，為了要自己能繼續支持下去，我只得到處踏步。已經六歲或七歲的弟弟，卻總是一動也不動的，把頭窩在我的脖梗上，全身軟軟的，他喜歡被人抱著走來走去，也不覺得氣悶不自由。

彷彿重新感覺到那帶著微熱的重量，我不由自主的低下頭，在郵局的櫃台上照著存摺填提款單，立帳郵局，屏東東港，我出生的地方。

我隱約能明白養母的心理，她並不缺錢，但她要我出錢，也知道我會拿錢出來。她要我花錢買下枷鎖，心甘情願的承認，我不該隨便跟男人睡，不該跑到台北，我不要臉，於是該把錢拿出來。

我也有一個不要臉的媽媽，照我養母的說法，我不要臉的媽媽生下我，跑了。小時候我在心理簡單的解釋了跑這個字，因為比走路快，所以跑，好去別的地方，因此我想像中的媽媽，總是很神祕的，有任務在身的感覺哦，她知道自己要去哪裡。

我不討厭我媽媽，哪個媽媽、阿姨不是跟男人睡呢，我養母對我不公平，但我也不討厭她，我的確為了永遠被剪短的頭髮大哭過，也朝思暮想的期望過美麗的衣裳，但那一切都被洗去了，在我初次與男人睡過以後，祕密的疼痛和受孕的可能，都在肥皂泡沫和沖洗中歸於安靜，死寂。

我的兩腿變得很冷，好冷，怎麼淋上熱水都沒有用，我只得在蓮蓬頭下半蹲半跪，抱著自己的雙腿，那年我已經二十一歲了，頭髮還是很短，乳房很小，隨著胳臂摟在腿上，乳房便可憐的平貼在身下，懷抱著身體內裡的冰柱，與自己靠得這麼近，隔著那層薄薄的皮肉，第一次摸索出自己。

我看見膝間溜滑出紅色絹絲般的血漬，隨著水勢，在沖激的熱水中一閃而去，是第一次的血，血抽絲似的，一直沒停，簡直可以這樣怔怔看下去，但剛跟我睡過的男人卻突然在外頭拍門，說他想進來，男人繼續在門上拍著，我不知道男人是想進來撒尿還是進來洗，說是男人，其實也就是我家附近的鄰居，剛當兵回來。

無論如何，我不想看到男人的臉，終於我也沒有再看見。我草草套上衣物，撞開了一道門，接著是第二道，跌跌撞撞的跑下樓梯，第三道門，賓館暗紫紅色的玻璃門左右分開，當頭傾瀉的陽光油綠，螢螢點滿我一頭水珠。

剛和男人睡過的我，撐著有如冰凍的兩腿，一路往下淌水。就這樣在睏熱的午後跑了起來，跑出鎮上的賓館，直直跑到火車站。

跑這個字，一上來就帶著逃的意思。

我就是，那個逃跑的女人所留下的孩子。

因此我的臉永遠被養母批點、忌憚著，每當爸爸下班回家，一個人在廚房吃飯的時候，養母就站在一邊高高低低的述說她在我臉上的新發現，是作五金的阿義叔，是入贅在米店的青勇，好幾次，她就這樣突然尖叫哭泣起來，卻只換來爸爸冷漠的責罵，為此，我不得不更憎恨爸爸。

但隨著青春期的來臨，我臉上祕密的變化，終於歸結於一個男人的臉，爸爸的臉。

我的養母到底失了分寸。

高一升高二的暑假結束後，我裹著撕裂又重新縫起的左耳去學校住讀。

我仍然像以前一樣，叫養母叫阿姨，把爸爸叫做爸爸，而多年來總叫我姊姊的弟弟，最後卻不再叫我什麼了。

我把他的母親，變成了什麼樣子啊。
沒想到到了今天，那早已忘記的感覺，又會在我的頸彎裡出現。
「在這裡。」
我指給高中男生看以後。高中男生摸摸自己肩頸之間，說自己沒有弟弟，但這不只因為是弟弟，還因為很多別的，我看著高中男生，可是沒有說話。這瞬間甦醒的感覺，彷彿是身體執著的記憶，無論如何安靜，也是安靜的耳語，當我一開始聽見，縱然在最嘈雜的空間，便無法停止去追蹤，或者說，便無法逃開從身後追蹤而來的，這絮絮的聲線。
高中男生已經洗過澡，穿著我的T恤，洗過的制服晾在陽台上。他說買了低卡可樂給我，「沒有熱量哦。」我從來沒想過要喝沒有熱量的可樂，高中男生卻很熱中的要我喝：「拜託。這有檸檬的味道。」
的確有檸檬的味道，那些跳動的氣泡湧進心間，在接近藍色袋熊大笑臉的部分，嗤喳躍動著，幾乎叫人也要發笑。
高中男生說他要走了，去陽台拿他的濕制服，這麼稀薄的陽光下，濕衣服曬足一下午也還不能穿。高中男生先問我，能不能讓他穿走身上的衣服，我點頭，然後看他動手把濕答答的制服穿在T恤上，T恤的花樣透過潮濕的制服浮出來，是戴著竹蜻蜓的小叮噹，飛在天空上。

他說這樣穿著，一下子就乾了。

高中男生穿鞋的時候，在門邊撿出了一雙壓在盒底的球鞋，問我為什麼不穿。沒有為什麼，很久沒穿，已經穿不下了，我說。我沒說我也不再奔跑，我沒說在這龐大而互見藏閃的迷宮裡，不知道能跑去哪裡。

鞋子放久又不會變小。高中男生簡直是在賭氣了。

我赤腳套進球鞋裡給他看，非常艱難，腳背上的肉全都哆緊了，高中男生卻耐心的重新鬆開每一格的鞋帶，再幫我重新穿好，結果剩餘的鞋帶短短的，勉強結一對小小的蝴蝶，他要我站起來走幾步。我站了起來，踏出左腳，然後右腳，就與他離得太近。

你怎麼會來呢，我不得不問他。

高中男生彷彿也覺得腳緊，自己把鞋尖在地上輕輕踢著。

無論是如何的安靜，也是安靜的耳語。

——本文獲二〇一四年全國台灣文學營小說獎

兩個世界

天快亮了，芳儀體內卻還維持著充過氣似的飽滿，原本就有晚睡的習慣，最近因為辭掉工作，又不知不覺把所有時間花在DVD、網路、和電視節目上，漸漸成了不等天色泛白就無法入睡，說是入睡，其實是全身力氣瞬間被抽光似的昏迷在枕頭上。

在突然變成非睡不可之前，各台的晚間電視節目早已重播過三次了，她要不是看著租來的漫畫，就是用快轉功能把一堆非還不可的美國影集DVD看完。

可是，就算睡到正午時分，身體重新啟動，醒來後並不覺得精神飽滿，只是滿心煩躁又口渴得不得了而已。

但是她卻很滿意現在的作息，已經節食半年的身體，起床後並不會感到飢餓，甚至對食物有排拒感，整個午後也可以光喝飲料和包裝水度過，這段時間芳儀打開電腦上網，同時開著電視，她通常把頻道轉到洋片台，因為前一天她喜歡的占星節目跟娛樂八卦節目大多都看過了，所以不看重播，開著洋片台與或日本台的頻道，不看螢幕的時候讓影片裡的對話嗡嗡流過，說是學語言的好辦法。

念五專時在學校上了兩年的日語課，芳儀也常和交往中的男性去日本旅行，她穿浴衣的照片很可愛，現在看著五十音卻都讀不出來了。

等到皮膚老化的元兇大半沉沒以後，芳儀才開始在手機裡挑選要跟哪個人吃飯、去哪裡吃飯，她遲遲沒去找下一份工作。雖然芳儀不和任何人同居，但必須回到妻子身邊的男友們總想替她付房租，她的帳戶裡每個月會收到三或四份月租，做完愛願意替她把卡費帳單拿去樓下便利商店付掉的男人也多得是。

芳儀現在只想找文綺出來吃飯，幾次興沖沖的邀她一起吃晚餐。

「等妳下班我去妳們公司附近等妳就好啦。」

可全都被文綺淡淡拒絕，芳儀每每在心裡冷哼，恨不得能教訓這個女人，給她點難看，她才知道我的厲害……

懷著怒氣聽完文綺的說法後，芳儀總是下定決心，再也不管這女人的死活了，但不滿很快又會轉為好奇，她就是忍不住定時地打文綺的手機，在電話一派熱情的聊些網路新聞上看來的話題，還有最近自己新添購的服飾和想做的髮型，結束電話前又依依不捨的要問文綺最近有沒有空見面吃飯。

應答簡短的文綺所透露的生活內容，加班、出差、國外客戶，令芳儀又羨又妒，好幾次幻想是自己輕鬆自如的說出那些為人濫用、卻和自己完全無緣的詞彙。

芳儀很羨慕文綺。

但只要想到在知名企業工作的文綺，也不過是自己的五專同學，芳儀就會興起一股不知哪來的自信。當初五專聯考的成績不是一樣的嗎？這就表示自己並沒有比文綺差吧？

現在穿著高級套裝上下班的雖然是文綺，卻也間接證明芳儀有同樣的能力。

其實她們從來沒熟過，在學期間，甚至難得一起上課，芳儀對當時的文綺沒什麼印象。幾年前芳儀開始在台北工作時，卻找了畢業紀念冊，硬把家住台北的文綺叫出來，拉著她陪自己去逛街買東西。

當時文綺在南陽街的補習班打工，當重考班的招生助理，芳儀總是打電話到補習班命令文綺出來陪她，不過這只是剛開始的情形，後來芳儀又找到幾個同樣上台北工作的同學，認識了新的男男女女。

只會靜靜聽她一個人說話、不太應和她的文綺就被芳儀剔除了。

反正文綺就是交不到男朋友，這不能怪我吧？

當時芳儀對文綺的評價就是這樣。

女人給女人打分數的時候，對方的個人特質如何、身材長相如何，都可以是其次的其次，和什麼樣的男人在一起才是主題。反正文綺這個人身上從沒有男人的影子，而芳儀從國中時代開始，就是戀情多多的漂亮女生。

輕鬆的戀愛是芳儀二十五歲之前主要的生活。

可是，現在她好像老了一點點，尤其是和肌膚豐潤的小女生一比。

朋友多半結婚生子，剩下幾個單身的，不是在籌備結婚，就是已經和芳儀疏遠。有個不太熟的同事被常來消費的女客說動，離開百貨專櫃到中山北路上班，竟勸芳儀也去試試看，芳儀當場氣哭了，她沒想到自己竟會被認為適合去酒店工作，再說，去酒店上班就得被自己不喜歡的男人親親摸摸不是嗎？憑什麼我就得讓討厭的人上下其手？

對芳儀而言這是個很大的打擊。

真的很奇怪，雖然她也嘗過被男人拋棄的滋味，但真正帶給她打擊的，卻都是些沒有她好看的女性。

譬如文綺。

撥了文綺的電話，遲遲沒有人接，在手機鈴聲轉入語音信箱之前，芳儀切斷了通話，努力回想上次和文綺通話的內容，她用命理節目看到的星座一周運勢和最容易少年得志的面相資訊填滿了兩人談話的空檔，文綺含糊應和的「嗯、啊」則成了遙遠的配音。

芳儀突然意識到，當初並不是她剔除了可憐又交不到男朋友的文綺，而是她被文綺給剔除了。從她打電話硬從補習班裡把文綺叫出來開始，文綺就沒有正眼看過她，也從來沒像她一樣，把自己的生活和盤托出。

芳儀在電腦裡剪貼著阿聰上星期六幫她拍的一系列只穿小褲褲的性感照片，一長串只秀給版主看的祕密留言中，填滿了口水流滿地的陌生網友自願奉上的手機號碼和MSN帳號，等著整批照片上傳到部落格的空檔，芳儀重新拿起手機打了一通電話給文綺，待電話一轉入語音信箱，芳儀便猛然吼道：「妳這假仙三八姬幹嘛不接電話？我是徐芳儀！」

文綺趁開會的空檔聽了這則留言，信箱語音詢問是否刪除，她卻選擇保留，她相信自己還會有興趣聽好幾遍，尤其很欣賞芳儀最後自報姓名的那種闊氣。

雖然搞不懂芳儀怎麼會突然發作，但文綺可一點都不驚訝，當初在台中念五專的時候，芳儀就習慣糾眾行動，向來想說什麼就說什麼，反正長相漂亮受歡迎，也常在課堂上和老師鬥嘴，同學們總是看芳儀的臉色行事，假日還逃不了她的控制，簇擁著去參加女王主導的聯誼。

又或許，其實只有自己想逃，班上其他的同學，無不渴望與女王親近。

整個五專時代，文綺記得芳儀只和自己講過一次話，是問她在台北有沒有親眼看過什麼有名人。當時文綺的回答大概讓芳儀覺得無趣，她記得芳儀很響亮的打了個噴嚏，順勢轉過身去跟別人說話了，好像就從來沒問過她什麼，對她才不好奇呢！

五專畢業那年繼母過世，文綺發現爸爸變成邋遢的老男人，還和隔壁的家庭主婦偷偷交往的樣子，弟弟跟繼弟同年，感情倒是滿好，一起長成了抽菸的高中生，家裡小得沒地方住，男孩鋪著棉被睡地板。

文綺找到一個重考補習班的工作，補習班租了破舊的公寓當重考生宿舍，她搬到裡面住算是舍監，她咬牙把薪水分成兩份，一份交給爸爸，剩下的那份生活費又硬拆成兩份，能存的就存起來。

她總趁著晚上去超市，等著買打折又打折後促銷的水果。南非紅地球葡萄，最後一袋可以賣到很便宜很便宜，整袋都是單個剪開，枝蒂分離的果實，超過一公斤的最後一袋，十九塊。

被人撿賸的黑珍珠蓮霧，店員隨手湊成十個，貼上十元的標籤紙，粉紅清脆的蓮霧裹進透明塑膠袋裡，分外矜貴，因為那是她不該擁有的，只付出了最小的代價，也無異是親手將它們摘下，骨折多處的兩把青江菜擠在同一個小塑膠袋裡，只要一個五元硬幣。

為了避免花額外的錢，每次迅速買完折價的青菜水果，她就拿出集點卡立刻結帳離開。

二十四塊。只要二十四塊錢。她可以吃十天。每天用小電磁爐燙好麵條跟幾片青菜，淋些醬油，再用另一個塑膠盒裝點水果，水果切片是餐盒的重點，一起打工的女生都一邊吃著麥當勞，一邊說她的午餐看起來好好吃，她們不知道她宿舍的床鋪下有一箱掛麵干，她每個月初買一箱回來。

補習班的工作，主要是打電話拉學生、想辦法在教室多塞位置、每堂課點名、查考英文單字、監督模擬考、盯晚自習。每堂課的老師都是花大把銀子請來的，四處跑馬的名師一堂課上完，便帶著成捆的現金去地下室取車，接下來又殺到別處去上課。

文綺總跟著她帶的班一起上英文課，其他的不想，就想考亞斯，她想出國，不要去美國，去英國，聽說五專畢業生去英國兩年回來就算碩士了，她背字典，字典紙翻得愈來愈薄又彷彿是愈來愈厚，生活的痕跡一層層的。

她有夢，說起來很現實，她的夢就是賺錢，還想獲得賺更多錢的能力。那個冬天她插班考上大學的第二部，夜裡上學，白天打工。留學真是不可能的昂貴，她想要更好看的學歷，只得辦助學貸款去買大學文憑。

也有不甘心的時候，就是看家長到補習班門口殷殷接送那些小她兩三歲的學生，她隱隱有點不甘心，小勝說得對，說她喜歡自找麻煩，個性強是強，偏偏鑽牛角尖，自己沒有的東西，賺錢就買得到，想要生下來就有人死心塌地疼愛，那是自找麻煩。

其實她也想要小勝，但她一開始就對自己拒絕了。

小勝小她三歲，住同一個區，是弟弟們的高中同學，從她畢業回台北就常常黏著她四處跑，小勝的女友蓓蓓也是他們的老鄰居，家境平平，國中起就輟學離家出走了兩三年，現在是酒店小姐。

文綺記得小勝，是因為蓓蓓令人難忘，蓓蓓從小一向很美，不是芳儀那樣甜淨俏麗，卻是細緻皮膚修長身材，明眸皓齒的美。

和小勝做愛是文綺的第一次，其實也不覺得珍惜，也不覺得被占了便宜，只是小勝大白天來她簡陋的宿舍房間找她，兩人說著話，想起從幼時便以美麗聞名的蓓蓓，文綺不覺滿心煩躁，想要擁抱。

對於兩人的關係，小勝流露的表情也不多，文綺無心去懂，或者是說，曾經想懂，可是自覺失敗以後就不想懂了，在心裡，她常常跳成另一個角色去安撫自己，對自己說沒關係，反正有我在，我疼妳，那個角色比較理性，寵愛著軟弱可憐的那個自己，會對自己說不斷保證的話，還偶爾允許她買很貴的巧克力。

和小勝，明知不是談戀愛，卻又說不出到底是什麼，那時她還沒想到「炮友」這兩個字，或許把炮友的關係具體化對兩人都會比較輕鬆，不過當時二十一歲和十八歲的兩人都算很憨慢，小勝也不認為自己有兩個女朋友什麼的，說穿了他根本也不認蓓蓓和自己是男女朋友，他和蓓蓓大約也有一拖拉庫說不清楚的鳥事。

文綺呢，則是朋友的姊姊，好像找到什麼藉口，更可以撇清，卻又更不清不楚，就這樣渾沌，兩人倒是愈黏愈緊。

分別在十二歲與二十歲送走兩個母親的文綺，第一次交到了世界上最好的朋友，她喜歡小勝對自己敞開了不逞強而無防備的身體，是第一個坦然讓她看見種種微細的一個「他人」，經由小勝，她也第一次確認了自己的身體，在他身上學會了如何容納男性，將對方的能量轉化成歡愉。

文綺感到稀有的自由，在小勝面前沒有什麼話不能說不能做，她流露出種種非常幼稚的一面，在他面前總是多話，甚至在說話之前她常常都不知道自己腦袋裡有那些念頭，幸好心裡還有另一個文綺是冷靜的。

至於蓓蓓的存在，小勝能避著，文綺當然也能，蓓蓓清靈而放肆的美貌一直被文綺放在心裡，她相信小勝當然背負得比她更深，他倆都別無選擇。

這段關係中，文綺最最世故的行為，就是避孕，只有這件事讓她還牢牢地與現實生活相繫。回想起來，文綺深信自己之所以沒有徹底迷失，就是因為她還知道要避孕，並且非常堅持。

就在此時，芳儀到台北來了。

原本文綺是對女王一點興趣都沒有的，但為了小勝，或者更正確地說，為了蓓蓓，她對芳儀的生活充滿了興趣。

芳儀會突然跑到台北找工作，是為了逃避跟之前的男友結婚。

就連從不聞問八卦的文綺也知道，五專時代末期，芳儀交了一個穩定的男友，那是個年近三十的上班族，足足比她們大了七、八歲，對方有車、有獨居的公寓，與之前那些交往不久就得畢業當兵的學長不同，那人就等著芳儀畢業結婚，芳儀畢業後沒收到幻想中求婚的鑽石戒指，卻被帶回男方台南老家遭受一群年長女眷品頭論足。

芳儀的家人出面替她談了婚事，沒什麼閒錢養女兒，當然不留她，芳儀卻撂下一團亂，一個人跑來台北，在百貨公司找到工作，也很喜歡那個名牌堆砌的環境。

文綺去見芳儀，是出自生手的好奇。

她這個生手卻意外的發現芳儀彷彿對男人一點興趣也沒有。她會誇耀交往中的男友高大好看、對自己火熱追求，也不避諱性事。

但在文綺眼中，外貌與異性緣都拿了高分的芳儀，並不迷戀男人。

眼看芳儀根本不知道迷戀的滋味，文綺有掩不住的失望與嫉妒，又怕了自己的執著，她試著接近一個從南部來立志考醫學院的光頭男生，兩人的性卻沒讓她有一點點感覺，這是第二個男人，卻又好像什麼都不是，後來光頭男生順利上了台大頭髮也長出來了，不再是光頭的男生沒成為她的男友，但一直自認是她的男人。

她也沒餘力管他。

夜校的功課越來越重，文綺的班主任為了省錢開始讓文綺兼課，芳儀不再逼她出來。

小勝開始不見她，也不回家，文綺沒問那對毫無血緣卻猶如雙胞胎的弟弟，他們則從不表現出有所知情。文綺找小勝，打手機，大約一周撥個一次，連著兩個月都沒人接電話，最後小勝接了，問她究竟找他幹嘛？

文綺沒能出聲。

電話那頭沉默了大約一分鐘，就切斷了。

沒關係，有我在啊，我會疼妳的。

我會照顧妳好好過下去。

名師那一套文綺都作筆記，全學年的進度她都胸有成竹，但缺了一種火熱的煽動力，精采的笑話給她說得索然無味，要當名師是不可能的，卻也總算拿到全薪。

大學畢業以後她只挑外商公司去應徵，開始上班一年內就把助學貸款還清，弟弟們同梯入伍去了，老爸和隔壁的太太同居（隔壁的先生在哪啊？）還住在老地方。

和芳儀重逢則是三個月前，她去百貨公司買保養品，夏天疏於防曬，她皮膚上斑斑點點直冒，突然手機響了，接起來就是芳儀打的，是芳儀遠遠看到文綺，撥電話確定一下。

沒想到芳儀還留著自己的電話，文綺驚訝中有絲悵然，這幾年也沒換過號碼，還是為了小勝。

可小勝不想重逢，他從不自找麻煩。

會議結束後，文綺到走廊上撥電話。

「我是李文綺。」

「妳留言聽了沒？」芳儀怒意沖沖的。

「聽了。」

「聽了還打來？」

「妳不是叫我打給妳。」

「哪有！」芳儀笑了出來，心情痛快很多。

兩人在一家泰國菜餐廳裡碰面，芳儀猛打量著文綺，不醜嘛，總有個男朋友吧？

文綺只是微微笑，笑容和臉上的雀斑很搭，她有種從職場競爭中精煉出來的好氣質，成熟、優雅，富有進取心，她真心稱讚芳儀精緻的妝和亞麻色的鬈髮，聊著彼此對泰國的印想，總覺得氣氛很好，菜也好吃。

芳儀放下防備，文綺的讚美讓她感覺很愉快，飄飄然，彷彿又回到青春時代，偶然和教官頂嘴，做點稍微越軌的打扮，引得身邊的同伴崇拜又豔羡。

可是她還有很多煩惱想講呢，阿聰要她照著部落格上的留言打電話去約網友出來見面，原本她覺得很好玩，但成功勒索兩個人以後，阿聰想把規模弄大，還說要找他另外認識的女生一起作，另外認識的女生？應該是其他那些跟他有關係的女的吧？

芳儀恨得把只穿著一條內褲的阿聰趕出去，可是阿聰真的很會拍照，為了想拍自己新做的頭髮，芳儀又打電話叫他過來一趟。

妳說說看嘛，還是把小套房賣掉去日本學讀書好嗎？想很久了，其實也藉此收過百萬元的分手費，但是沒多久又都花光，花在哪裡？不知道耶，就去滑雪嘛。

真的想不出花在哪了，現在只剩下衣櫥裡有幾個內裡骯髒發黏的名牌包而已。

文綺傾聽著芳儀詭異的煩惱，覺得心裡蠢蠢湧動著什麼，好像小蟲鑽動，看著芳儀，心裡柔軟又刺痛，彷彿是面對可愛的小狗小貓時，心裡常會浮現的那份溫柔煩惱。好可愛，好麻煩，好脆弱，一下就會餓，一下就要拉了吧，會弄髒地板吧，會死掉吧。

文綺聽見自己說，沒關係，有我啊。

芳儀先是綻開笑容，又有點慌亂，真的嗎？

真的，我會照顧妳啊，我會陪妳好好地過。

芳儀神往的舉杯微笑，又似乎正半仰著頭，嗅聞著不知從何處飄來、空氣中看不見的甜香。

——寫於二〇〇八年夏天

原刊《皇冠雜誌》二〇〇九年七月號

浮浪

一踏出新大阪車站，申就被「億万長者」的廣告包圍，頑強抵抗春寒的廣告女郎穿著絲襪和短裙，正在分送「億万長者」的面紙包。

接過一看，是推銷高額彩券的，買彩券還是變成億萬富翁最快的方法。

午前時分，新大阪與梅田站之間的連通地下道開著暖氣，通風不佳，竟悶出了說不出的怪味，申半掩著嘴，先用手機跟藤木主任說好前去拜訪的時間，又撥到天王寺詢問清水的消息。

結束電話後申有點出神，往來行人的臉孔從地下出口一陣陣浮湧上來，每張臉都帶著一個小小的故事，像花花綠綠的郵票，寄送到未來……申在時間中漂流了一小會兒，餓了。

申身板高大，有發胖的傾向，兩小時前下肚的飛機餐卻只是區區的雞肉炒麵，小塊水果，一個沾椰子粉的可可蛋糕，一小盒牛奶軟凍。

前往市區途中，他由電車車窗鳥瞰大阪港，看見闊別數年的海上浮出大塊的逸藍色，填海部分插上的旗幟在空氣中強勁地翻飛不斷。也許是透明的海風拍醒了他對關西的回想。

想吃熱騰騰的白飯和漬菜。

味覺著陸了。

拜訪客戶前，申獨自在地下商店街吃午飯。吃煎餃蘸蒜味醬油、大碗的「狸」烏冬麵，和大碗的「新香」套餐，新香是指用米糠淺漬入味的新鮮蔬菜，茄子的玉紫和黃瓜的青綠在瓷碟上散出螢光，暢快地用牙齒將清脆的漬菜咬碎，再配著鬆軟噴香的米飯一起吃下，最後飲用近於冰凍的甜麥茶。

碳水化合物＋碳水化合物＋碳水化合物，飽食滿腹的快樂。

吃肉，又是另一個層次的事了。

到飯店辦好入住手續後，他才換上西裝，叫車到客戶處拜訪，處理合約的藤木主任帶他參觀了近郊的第一工廠和倉庫，晚餐時則和對方的老闆一起吃鄉土料理，飯後一行人轉往北區飲酒。最後申是由藤木主任攙上計程車送回飯店的。

說也奇妙，無論申如何酩酊大醉，計程車一抵達目的地時他就會自然清醒，這次也不例外。

向司機要了收據後，申試著穩步下車，而值班的門僮恭謹如常地給他開門，彷彿沒看見他的醉態。

淋浴後他草草擦乾身子，一鑽進潔白的床褥就睡著了。

睡眠是乾涸多渴的，邊緣有些霧絲羽狀的黏連物，熟悉卻叫不出名字，只是緊緊依偎在他頸邊乞討他的氣息。

他夢見……他不記得自己夢見什麼，不過，當他從醉酒的昏睡中漸次清醒過來的時候，把飽滿的被浪錯看成女人溫柔的側腹了。

天已亮，躺在床上就能瞥見窗簾邊角那塊不規則的天空。

六年前，他在大阪的語言學校學日語，多數同學接下來要前往各地升學，申則是少數要直接離開日本的人。帶著離職後的積蓄到日本學日語，申比班上同學平均大了好幾歲。

深秋的街上很冷，路旁兩排銀杏的黃葉剔透如水晶，在清亮的空氣中盈盈閃動，他不太留戀美景，相反地，光想著要回溫暖的地方生活，就說不出地高興，申不是很浪漫的人。

「申君沒有繼續念書的打算嗎？」日語老師問他。

「我已經不是學生的年紀了，目前只思考就業的事。」申客氣的說。說是思考就業，但其實他心裡最為念念的，是回台灣肯定要吃烤番薯。日本的薩摩薯，烤起來幾乎沒有水分，紫紅薄皮下的瓜瓤炙熟酥化，金沙般澄黃鬆軟，吃在嘴裡卻一點都不是味道。

「離開之前好好享受這裡的生活吧。」老師說。

當然，這裡的無花果非常好吃

在短暫的無花果季節裡，申每天都吃半打和歌山產的新鮮無花果。

既已決心返台，申便不像初來時那樣專注用功，考完檢定考，申開始到那家有大綠色招牌的業務超市打工。補貨包貨，站收銀台。

他打電話給外婆說，「阿嬤，我在日本雜貨店做事啦。」

外婆說，「啊唷，那不如回來幫我看店哪。」

業務超市，顧名思義是販賣業務用的大包裝食品和民生用品，然而前來採買的顧客仍以家庭主婦居多。

杯子蛋糕，一公斤裝，不知買回去是應付孩子們的點心時間，還是連三餐都包辦了。Q比美奶滋，一公升軟罐裝，這種偏酸的美奶滋是申的新寵，幾個人合租的公寓裡，就只有他分到的那層冰箱裡藏了一罐，上海同學用過，以為壞了。

中國進口的冷凍花菜、冷凍青江菜，各一公斤裝，申炒菜時摻著碎冰渣一把抓出來扔到熱鍋裡，油鍋噴得滋滋響。申總是著意在塑膠包裝上寫著小時候學過的地名，蕪湖農場，蘇州農場。中國農場種出來的土瓜土菜，飄洋過海來。

中國草莓，冷凍，一公斤裝，豔紅近於綺靡，果實碩大，一拆包裝就噴出野果的濃香，本體卻是酸澀得扎舌，草莓籽粒在表皮密密繁生，厚積成層，幾乎妨礙咀嚼。煮果醬則浪費糖和瓦斯，單吃則太折騰人。只有法國來的米歇爾能當作冰品啃下。

紙盒包裝的一公升清酒，是夜班時急速販賣的人氣商品，常常門口才叮咚一響，還沒來得及看得清來人，兩升酒已經「咚」「咚」分別落在收銀台上，穿著連身工裝的勞動者掏出髒軟的鈔票付帳，匆匆抱著酒離開。

那種酒，酒精濃度大約十度左右，清澈得跟水一樣，滋潤圓熟，好一點的回味甜甜，壞一點的則有些米飯發酵的隱臭，卻易於入口。喝沒兩杯就上頭了。

昨天喝的是威士忌。

申想移動，才坐起來就覺得腸胃有些窒塞不順，胯間的小弟弟隨著他起身的動作，好像迅速躲回他的肚子下緣，像馴良的小動物一樣懂得進退之道。申確認了下自己的肚腹，過去結實的腹肌已經化作無害的肥軟，妻子倒是未置一詞，該感謝妻子的容忍呢。

「真是拿你沒辦法。」申隔著腹肉，對自己的小弟弟說。

打開電視，一早的娛樂節目已經開始了，螢幕右上角顯示著06:12。藝人、評論家、前奧運金牌得主齊聚一堂，對當天各大報的頭版新聞各抒己見。

申一碰冷水，便反胃起來，吐光昨天的晚餐和在酒館裡吃的小菜以後，他覺得好多了，今天只要再看一處工廠，公事就算結束了。

今天就能確認清水的生死了吧。

申想著，手裡已經撥通了天王寺附近一家廉價旅館的電話。

藤木主任跟申約在飯店吃早餐，申先吃了味噌湯和玉子燒佐白米飯，當藤木主任喝咖啡吃麵包時，他又吃了兩份蔬菜蛋包和可頌，同時看了藤木帶來的報表。

飯後，藤木主任約好的車輛恰好抵達，接兩人到隔壁縣的第二工廠，藤木主任預留的用餐時間和司機抵達飯店的時間，如同呼吸般流暢，恐怕是申自己接待客戶時永遠做不到的。

是歐洲資方的堅持，申才促成日本工廠加入，但藤木的誠意卻也不容抹殺。兩人雖不相熟，但也稱得上是在商場上認真交手過的伙伴了。

「申先生的日語說得很好。」

「哪裡哪裡。」

工作上，申盡量說英語，就是有意避免聽到這句話。

在亞洲工作，雙方通常放棄母語而用英文對談，如果說日語或中文，就得這樣的敷衍著。

「平日早餐就吃這麼多嗎？好大的食量。」

「讓你看笑話了。」對申來說，這才是褒獎。

當時，申每天要吃完半條吐司才去上課，吐司抹上Q比美奶滋，配五個炒蛋。米歇爾說，法國人的早餐只吃甜的東西，因此他買回現成的易開罐紅豆餡，抹上麵包，沾馬克杯裡的即溶咖啡一起吃，說很有日本風味。

中國同學勸申，還是要做些高薪的工作，要不，能吃到員工餐的地方也不錯，於是領他去北區的燒肉店打工。

北區比南區時髦很多，酒吧和夜店出入著華麗不可方物的男妖女妖，有日本人也有西洋人，晝夜玩樂，出入以敞篷跑車代步，天冷就披著貂皮，天熱就裸著身體，光華萬丈。他們跟凌晨時分一個個逃出酒店、或在路旁睡倒不起的上班族、粉領族不同，他們是夜裡的天女和王子。

申在燒肉店工作了一個禮拜，睡眠不足，店裡的金髮河童男把骯髒事都留給華人做。深夜騎腳踏車返家，途經鬼域似的寂靜住宅區，靜得叫人頭皮發麻，星火點點的公園更嚇人，即使知道那只是遊民露宿，也怕。

那一周，每天早上九點的作文課他都是閉著眼睛度過的，他是捨不得缺課，至於中國籍的打工族則是怕缺課過多被語言學校退學，因此他們無論多累，都還會準時到校，到了課堂上再睡。

最後申寧可回業務超市打雜，準時下班，拎些店裡的飯團回家吃。

在繁華街工作的中國同學收入高，捨得外食，還談談戀愛什麼的。米歇爾是某綜合大學的獎學金交換生，平時當法文家教，收入不少，常買上等牛肉回來跟申一起吃，米歇爾煎牛排，申負責其他的菜色。

米歇爾的日文始終不夠好，要說哪裡不好，大概是太文謅謅所以不好。

「日本的世界像個完美的隊伍，」米歇爾說，「即便安靜，我也永遠聽到那陣不存在的哨聲。」

申完全懂他在說什麼。

從大阪到第二工廠，車程兩小時，看工廠的時間只有一小時，工廠幹部招待午餐，飯後又談了快兩個小時。不知是不是看出申心有旁騖，藤木主任讓司機先送申回大阪市區，申在後座利用時間整理這次來日的報告，一面有意無意等著清水的電話。

申離日前兩周才第一次碰見清水。

申的住處很荒僻，往返路上會經過不少藍色油雨布掩蓋的紙箱區，那是遊民的地盤。遊民們無論晴雨都穿著連身工裝和塑膠雨靴，做些領日薪的勞力活，公園等處的公共設施常被登山繩和藍色油雨布占領。他們在粗布衣領裡團著一條毛巾，黝黑瘦削的外型特別剽悍，幾乎全是男性。

南方的老街區裡，有好幾家專門在販賣跟收購二手用品的典當屋，雨靴、工裝褲、銅鍋、鐵壺。店家清洗撿擇後將這些家用五金按型號排列在店頭，店裡販賣的，還有些小提琴、薩克斯風、和服等不搭旮的東西，貨源不知是來自典當還是偷竊，語言學校的前輩說，這種典當屋，連死者的遺物也能估算賣錢，一點贓物自然不算什麼，遊民就是這些東西的來源。

遊民的確時常進出這些典當屋，他們蟄伏在城市底層，靠著市民拋下的殘渣維生，市民卻刻意別開視線，對遊民視而不見。

申的外婆以前常講流浪人的故事給他聽，外婆說，那些流浪的人，起先也是好好的生活，有家，有父母，甚至有妻有子。誰料，有一天他好端端地走在路上，被一個僧人或道人，甚至是個相貌平常、不知從哪裡冒出來的陌生人叫住，講了幾句話，就突然拋家棄子，走上了沿街流浪的路，跟親朋舊友再不來往，相見不認，一雙腳卻走遍了大街小巷，在任何人的屋簷下都停留不得。

「我們覺得流浪人可憐，他卻是在心裡可憐我們。」外婆說。

申非常嚮往那些著魔般的神祕人物，卻沒想到這個故事原來還沒完，到了長大，申才知道自己也是這個故事的一部分。

外婆的生父就是一個這樣的流浪人。當年在鹿港街上，沒有人不知道這回事，申的外祖公本是一個老實巴交的男子，傳說有一日某個外來人找上他，交談數語後，他便離開妻女向南乞行，外祖婆帶著幼齡的外婆雇車去追趕外祖公，外祖公不言語也不認妻女，對他講話、拉扯，他便躺在地下闔眼不動，家人將他運送回屋，他趁隙脫逃……種種瘋癲的情狀令外祖婆幾度氣絕，最後斬斷緣分，另嫁他人。

有人說他瘋了，也有人說他走上了修行的道路。

外婆卻說，她在十九歲和三十四歲時，都曾見過他。

在那之後呢？

在那之後，一定還會再見面吧。

外婆生前，天天坐在面街的老雜貨店朝街上看，她自信能一眼就認出那個人，那個不再說話、遺失了言語的人，他從不多站一站，他的雙腳不斷走動著。

外祖公一直沒有老去，也許今日還在世間行走。

十九歲那年、是外婆嫁人那年，跟別人相比有點晚了，這門親事還是繼父那邊的一個無血緣的堂妹十分推拒，才輪到外婆身上的。外祖婆給外婆置的嫁妝只拿了一半出來給親戚看，另一半都縫在她貼身小衣裡藏著，單單給她一個人。外婆說，在待嫁的日子裡，有個看不出年歲的男子，曾來幫她擔水。

來了兩次。

他腳步很俐索，也不說話，把挑水到後，很快就走了。除了外婆一個，也沒聽誰提起過他。

迎娶當天，外婆沒坐上轎子，吹打的人簇擁著新嫁娘一起行走到鎮上。好事跟隨的面孔中，那人模糊也在的，之後就沒曾露過面，消失無蹤。

「那個、會不會是外婆婚前的男朋友？」申的姊姊悄悄說。

申白她一眼。

寄人籬下的少女，沒人給她安排親事，被耽擱在家裡打掃做飯拉拔弟妹。失蹤多年的父親，想來總比堂妹推掉的親事更可靠、更值得依戀吧。

外婆嫁得不壞，外公雖是三男，為人卻勤奮穩當，很受看重。婚後，男孩女孩都生了幾個，外婆三十四歲那年，厄年哦，外婆的母親染病去世了。

外婆重孝在身，把幾個孩子丟在家裡讓妯娌幫忙照看，自己用背巾把么女（申的母親）縛在胸前拉車返家，一路爬跪入廳。她知道母親死後這個家與自己也就此切斷了。

外婆說，那個人在送葬的隊伍裡走著，沒有老，好像還更年輕了。

那人看著孩子，未發一語。

外婆講起這件事，說，申的母親當時眼睛滴溜溜的和他對看，就笑了。

外婆大約至死都在等她流浪的父親，她拒絕兒孫輩提議的一般尋人或是查訪，只是日日精神抖擻，等申的舅舅把雜貨店門開了，自己整日在門首端坐，撥盤式電話就擺在旁邊一個紅漆木凳上，一天總要接好幾通，有時小輩們想到了也打電話來，胡亂說些傻話，阿嬤愛老虎油哦，親一個，鳳梨乾給我留一包哦，還有彈珠巧克力啦拜託。

為什麼不去打聽他的下落呢？

「流浪人有流浪人的規矩。」她說。

台灣學生和大陸學生都說，這裡的遊民都不像會犯罪的，可能就破產了沒錢沒地方住吧。躲遠點就沒事。米歇爾說，法國的乞者很多，但他們會唱唱歌，跳跳舞，騙騙錢，他們身上流著吉普賽人的血。

「你能不能想像這樣的生活？」

「我？除非我瘋了。」米歇爾笑出來，「我們說一個人是瘋子，會說，他被貼了郵票。」

那外婆說的故事，就是給人貼上郵票的故事了。或那張郵票人人都有，只怕碰上一個打郵戳的人……

初春，許多人已經先一步離開大阪，申返台的日期也定了。有個假日，他帶著送不出去的幾件東西到最近的典當屋問價錢，不光是為了將手上的舊物脫手，也藉機偷窺他早已存疑許久的角落。

他就在那天碰見了清水。

從日本回台灣時，是〇八年的春天，景氣正好，申沒費很多功夫就找到一份適合的工作，美商外貿公司，訂單來自世界各地，主要需求則是亞洲各國出產的各種製品，包括餐具、寢具、裝飾品等等。

他寫信給清水的家人時，雖留了通信地址，但沒有預料到會收到回函，對方還堅持要見見申，想必是盼著從申口中問出更多清水的消息。

申想不出見面時該約在哪裡，便跟對方說好在車站內的咖啡廳裡碰面。向清水的妹妹跟母親打過招呼後，不知該說些什麼，隔著車站的玻璃帷幕，過曝的室外反似水族缸，人車的動靜都在光線折射下游曳不定。

清水的妹妹膚色黯淡，卻有一張漂亮的大嘴，齒如編貝，掀動嘴唇時特別好看，清水的母親乍看年輕，但皮膚上已有細緻的摺痕，精心修飾過的臉龐，下頷處也已呈現難堪的波浪狀。

「我哥哥在日本過得好嗎？」

「他過著自食其力的生活。」申在信上再三斟酌後，是這麼寫的，也就脫口而出了。但這對清水的家人顯然遠遠不夠。

清水的妹妹提高嗓音，口氣相當不滿，「我媽媽一直想我哥，想去日本找他，為什麼你不把他日本的地址給我們？」

「我沒有他的地址。」雖有些狼狽，申仍沉著地回應。

「他在哪？為什麼不回來？」清水的母親絞扭著手，從墨黑的眼線裡冒出淚水，一下子就瀕臨崩潰，申發覺清水的母親是個神經衰弱的女人，清水的妹妹也不太正常。

清水的家人比申預想的不可理喻，申與兩人見面，顯然是太過天真。

「總有一天他會聯絡你們的。」

「我也不知道更多情況了。」

最後他是這樣逃走的。

由於和清水聯絡不易，申曾擔心他們未來是無法見面了。

清水似乎也是這麼想，才會請申聯絡自己在台灣的家人。清水說，他的身體狀況並不好，是在外露宿和喝酒造成的，但他已經決心到風塵街好好工作，即使不免要受到黑道的關照，他不會後悔。

那天在典當店裡，申和店主交涉價錢後正要離開，清水很粗魯的叫住申，問他是不是台灣人。

申的室友都已經前往各自升學的地方，先搬走了，申邀清水回家，並且力勸他在公寓裡洗個熱水澡。清水去洗澡時，申用大同電鍋煮了菜飯。切片的臘肉和青江菜加蒜油炒過，再加入淘好的白米拌炒，等生米也炒出油光，再一起放入電鍋裡炊熟。

他還用韓國同學教他的辦法煮了一鍋湯，泡菜和辣椒把湯染得通紅，接著端上冰箱裡的滷肉。

清水從淋浴間出來時，穿著申的衣服，袖口和褲管都捲了好幾層，頭髮已經洗過吹乾，跟入浴前比起來整個人彷彿縮小了一圈。

兩人無言吃著過早的晚餐，看春日的夕陽一點一點西沉。

飯後清水匆匆忙忙的走了，說他要去夜間工地打工，離開時清水帶著申做的飯糰，還珍惜地把自己換下的衣服帶走，但在申眼中看來，那只是好幾層破布罷了。

清水第二次來的時候，申已經打包好行李。他們就在空盪的起居室裡隨意聊天，邋遢的吃著魚乾喝啤酒。

清水的中文有些生澀，口音稚拙。「我生父是日本人，我母親跟日本人離婚後，帶我回到台灣，又生下妹妹。我國中畢業就被送去東京投靠生父，念專門學校，在學校被欺負，就職也不順利，不知不覺就變成浮浪的人。」

「為什麼不回台灣？」

「剛開始是因為不想當兵。你當過兵嗎？」

「嗯……」

「當兵不好過吧？」

申嚼著魚乾，思索著該怎麼回答，其實來日後，他常在心裡比較自己當兵十八個月和在日本這段時間的經歷，這兩段時間都彷彿是移民異地。當兵時，申總想著吃，那種想和這種想卻不一樣，在日本他吃得不壞，只是每樣東西都和他熟悉的模樣稍稍錯開。同樣吃一頓煎餃，日本的餃子和他真正想吃的餃子就是有所不同，即使他自己煮飯炒菜，不知道是食材還是風土不對，儘管各樣材料也齊了，煮出來的菜式仍然淡淡的有贗品之感，最後申才懂得，不該在這裡找尋熟悉感，只要承認一切都是新的，一切也都好了。

在部隊，吃仍然吃得飽，吃的概念卻彷彿是千百倍稀釋過的稀薄，陳米煮成的飯，黏性很少，湯是酸筍煮排骨，幾樣當令的蔬菜，這些在大鑊裡會爛糊掉，在湯鍋裡也爛糊掉。那是個一切都走味的地方，軍長的命令從上往下傳，不知是越傳越不像人話，還是起先就不是人話，因此大家苦思的都是一點翻牆逾矩的辦法，學了很多偷雞摸狗的事，當時的女朋友說他氣質變得很差。他有一陣子天天被叫囂怒吼去幹狗或被狗幹，還發現男女性器的俗名原來有十多種之多，氣質無論如何是好不起來了。

「當兵至少還可以常常睡在屋頂下。」最後申只是這麼說，「你睡紙板屋吧？」

清水出神地咀嚼著，啤酒的白沫還留在嘴角，「請幫我帶話給母親和妹妹，他們可能以為我還在東京的生父家，但其實我早就跟生父決裂，離家出走了。」

「你在外面怎麼生活？」

「每個地方都有一個頭頭，在那個範圍裡，要聽頭頭的話。」清水含糊的說。

「你記得台灣嗎？」

「我喜歡台灣。幼稚園的時候，老師給大家吃點心，排好隊，每人拿兩個杯子，老師在一個杯子裡裝一大杓羹，羹湯裡頭有紅蘿蔔絲、玉米、火腿丁，甜甜鹹鹹的，另一個杯子裝了小飛機餅乾、數字餅乾，餅乾上面會有一點鹽粒，仔細看，很美。」清水起勁地說，「離開台灣前，我媽帶我去吃了一碗土魠魚羹，你知道嗎？那跟我幼稚園吃的點心竟然有一樣的味道。」

「你離開台北的時候是幾年前？」

「大概十五年前吧。」

「你不想回台灣？」

「如果我要回台灣，就得以日本人的身分去台灣生活，但是，我從台灣回日本以後，一直想台灣。等我回台灣，又會一直想著日本。我知道。」

「你的中文講得很好。」

「你誇獎我，就表示我講話不像台灣人。」清水略賭氣的說。

申微微一笑，這樣直接，其實像台灣人哪。

二〇〇八年十月，以美國為中心爆發了世界級的金融風暴，歐元美元大幅貶值，日幣雖居高不下，但外銷產業碰壁。申的公司在美國的總部被切分出售，整合後倒悄然萌發了新的生機，申被調職，薪水降了，幸好他那年找到的印尼工廠完美地生產出歐洲某大名廠需要的斷熱雪衣內襯，讓他在公司改組合併後仍站穩腳跟。

新加坡辦公室有個女同事很喜歡他，申幾乎是被她的那份情意牽扯著去約她，跟她走在一起。那兩年中，他雖然也常常想起清水，卻只是幾次打電話到天王寺去，那家廉價旅館的經理有空時會幫他去附近轉轉，打探清水的消息，有時過了一兩個禮拜，才傳 **E-mail** 告訴他清水的近況。

二〇一〇年，申和清水見過一面，清水當時在南區的風化地區謀生，那一帶有櫥窗街，是女性穿著和式豔服坐在櫥窗裡，意者可以進去交易。他邀清水一起去錢湯洗澡，又去附近的小居酒屋吃飯，店裡的酒客多是櫥窗街的顧客，用完酒飯就離開。清水越見瘦弱，更顯出他有一張孩子般單薄的臉，兩人卻用中文和日語開著有趣的玩笑，爽快地喝了一夜的酒，莫名其妙地，申就沒對他提自己剛結婚的事。

年底，外婆做了次手術，恢復期間還要常去不同科別回診，看診後，他有時邊開車邊問，今天去吃土魠魚羹再回家吧？外婆一定會說不要了，家裡有人煮飯。

但她又趕緊央申把副駕駛座上的小鏡子給她翻下來，小心摸索出包包裡的口紅，一心一意地往乾燥的嘴唇上塗抹。

從小他就覺得外婆的臉像個敦實的小紅番茄，擦上豆沙色的唇膏，外婆的蕃茄臉更是笑瞇瞇的。

外婆最後一次提起那個浮浪世間的生父，是二〇一一年初，在病院，家人剛替她辦了退院手續，要帶她回家過年。外婆的子女和內孫外孫都到齊了，外婆眼神悠遠，說：「我不怕，他會來看顧我。」

那個流浪的人啊。

守喪期間，申時常聽姊姊和表姊們談論外祖公的故事，大家記憶中的情節竟有許多不同處。外婆的幾個孫女中，有人特別多心，說外祖公一定是愛上別人才拋家棄女，申的姊姊一邊捉拿著她那個皮到沒轍的小兒子，一邊說，若是外祖公另有家庭，我們便有相同血緣的親人流落在外，就和韓劇一樣，彼此對看，卻以為是陌生人。

舅舅的兒子們說，家裡有流浪傾向的是申，辭職去日本讀書，阿嬤好擔心他就此不回來了。阿嬤說了好幾次，說申長得最像她的爸爸。

申看著紙錢邊緣輾轉走著火星，沒說一句話，有孕的妻子就在身邊，他才沒放聲哭泣。

同年春天，日本的震災海嘯和核災驚動全球。天王寺那邊傳來的消息只是：「平安無事。」

孩子出生後，申和妻子就像搭上了一輛擁擠的長程育兒班車，手忙腳亂，每日醒來都是旅途，他有時想起清水，就覺得自己還負擔著什麼，祕密地和清水共享著什麼，只是在心裡抓摸不到一點痕跡。

「五分鐘內就會到了。」司機殷勤提醒。

申睜開眼睛，天色近晚，車窗外恰有滿開的櫻花隨風吹落，空氣都沾染上粉櫻之色。生得太美，櫻花自古背負著奢靡頹唐的種種情思，但對申來說，這份美，就像被春風催生、從天地間溢出的爆米花，無所謂痛惜或浪費，生來如是罷了。

「前面轉角就到了，下車請小心腳步。」司機又一次提醒。

手機沒響，天王寺那邊一直沒有消息。

申已經開始相信清水已經不在了，卻又隨時準備要在手機鈴響的第一秒接起他打來的電話。

——本文獲二〇一四年第五屆台中文學獎小說類第三名

城市中的跑步者

很多人叫他張胖，因為他長得胖，奇怪的是，胖子一般給人的印象是快樂的，但是他胖得很憂鬱，雖然才三十三歲，卻已經有點禿了，並不是髮線在前額上撤退的那種乾脆的禿法，而是鬼鬼祟祟地出現在髮頂上，一塊陰森而且逐漸擴大的空白，偏偏捲曲的黑髮無論怎麼梳也無法掩蓋。他在辦公室裡辦公的時候，同事們都叫他張先生、張主任，當他偶爾不在跟前的時候，大家則叫他張胖子、張禿，他胖胖的憂鬱堆在臉頰上，堆在他ＸＸＬ的寬大腰身裡頭，他確實是一個好人，工作也做得好，肥厚的憂鬱卻阻絕了他和人群接近的機會，他的肥胖和憂鬱可以說是一為二、二為一的。

從小他就長得特別胖，同學嘲笑他的時候他雖然很在意，不過也沒別的話可以拿來抵抗，圓滾滾的身軀在這時候變得龐大又多餘，是個無法躲藏的存在，久而久之，他和同學的來往全被抹殺掉了，因為沒辦法叫人不提起他的胖。大學的時候，所有的人都在忙著談戀愛，張胖把沒人緣又肥胖的自己用沉默包裹得非常完美，完美得連畢業之後都還沒有人真正認識他，倒是很多人記得班上有個不說話的胖子，其實胖子並不少，而且張胖並非不說話，他只是不和人交談，卻時常喃喃自語，喃喃自語是為了讓自己沒那麼害羞時用的，順便用來躲開其他人主動和他說話的機會。

某個星期六的早上，張胖才剛到辦公室，就發現許多男女同事都圍著新來的阿光，原來是他穿了全套的休閒服，白色的棉質上衣配上藍色的短褲，腳上是一雙耐吉的鞋子，上頭大大的打了勾，衣服不只合稱的將阿光的健壯身材表露無遺，更引來許多女同事的目光，阿光不無害羞卻又帶幾分得意的搔著頭，順便展示他手上的網球拍，「我這個人就是喜歡運動。」他一邊說一邊作勢揮了兩下球拍，惹得眾人更誇讚他那種瀟灑的模樣，什麼話都沒說的只有張胖和剛好經過的產務部林小姐，林小姐掛著她的招牌笑容一語未發的走了，張胖則默默地像平日一樣穿過大家的桌子走進自己的辦公室，關上門以後他對自己說：「阿光昨天被產務部的林小姐甩了。」其實這不關張胖的事，誰在乎他們怎麼了，張胖會開始自言自語只是因為他擔心顯露出自己的豔羨，那套嶄新、瀟灑的高級休閒服深深的印在他的腦海裡，更不用說是那雙設計繁複、還帶了氣墊的耐吉球鞋了，它上面打的那一個勾，就像是在告訴張胖，這樣才是對的，青春有活力，又充滿了夢想。

那天晚上他走路到街角的錄影帶店租片的時候，禁不住注意到路上扛著滑板走來走去的年輕人，說年輕其實也不年輕了，都是二十三、四歲的模樣，頭髮染得燥如乾草，頸上掛著銀色珠鍊，橘紅色的錶還長了羽毛，衣服鮮豔大膽，牛仔褲的腰身低到臀上。張胖則穿著他平時在家常穿的寬鬆T恤和臨出門時套上的特大號西裝褲，遲滯猶疑地在一排排的架子間穿梭，「先生、借過哦。」穿著直排輪的長腿女孩漫不經心的從張胖身旁擠過去，她的長髮挽成馬尾，在張胖頰旁輕軟的一撇，這一觸細柔可愛，會令人打從心底酥癢起來，張胖卻無來由的感覺到青春的失落，然而他的青春已經失落在很久很久以前了，如同召喚了一個死去經久的幽靈，它回來撕扯著張胖的心，三十三歲的張胖茫然的租了幾塊自己一點興趣也沒有的片子回家，然後在鋪了破毛巾的枕頭上發出一種「嗚嗚嗚」的嗚聲，並不是哭泣，只是種怪異但是卻抑制不住的感覺。

過了一兩天張胖的母親打電話叫張胖回家去相親，只聽見張媽自個兒的聲音瑣瑣細細說個沒完，包括對方的長相身材和嫁妝，她說了一會兒之後，張胖鼓起勇氣想說些話來拒絕，但最後卻只發出蚊蚋似的輕嗡：「那女生已經懷孕兩個月了哦。」張媽卻沒任何反應的繼續叨念下去，張胖突然很想哭，眼淚衝到腦門上，但很快的，剛在眼眶裡打過一轉的眼淚消失無蹤，掛掉電話，張胖閉上眼睛，幻想著自己還在睡，他摸黑爬上床，騙自己從沒下床接過什麼電話。

他發現自己開始在下班回家的路上癡癡地瀏覽著櫥窗裡的運動休閒用品，運動，就是這個，偷偷的在中午少吃一點飯有什麼用呢？電視上談減肥問題的專家也常常說這個兩個字的，但是深深吸引張胖的毋寧說是運動服飾和用品，運動只會讓他想起讀書時令他受過不少挫折的體育課，喘吁吁的跑動、汗淋淋的落在所有同學的後頭，但是這些穿在模特兒身上的服裝和球具就不同了，海報裡一望無際的草地和天空，模特兒們汗水淋漓的奔馳在其中，或者是高高地騰空躍起，讓鏡頭將他們留在空中，凝固的靜止與完美。張胖晚上還作了夢，夢見他自己非常愉快的繞著高中時代的操場奔跑著，一圈又一圈，最後他飛了起來，一連穿破幾張海報，出現在城市街頭。

幾個禮拜之間張胖都不停地想著跑步的事，更正確地說，他是在想一套運動服和一雙新鞋，雖然他已經找過各種不同的理由勸阻自己，但他還是朝思暮想地想著運動，他摸索著冰涼的玻璃櫥窗，感覺到他人的世界正端放在玻璃櫥裡頭，張胖將身軀貼近櫥窗，不知是因為淚眼朦朧或是因為他呼出的氣息所致，張胖眼前一片模糊，也沒看見瘦小尖臉的女店員正在那兒死盯著他。

張胖仍然在公司裡忙到很晚，但是有幾件事證明他已經下定決心要去運動了，第一件事就是他下班以後並沒有打開電腦玩網路遊戲，卻喜孜孜的從床底下拖出某樣東西再三撫弄。第二件事是他在搭公車回家的路上以一種前所未有的興趣緊盯著路過的每一所學校和每一個公園。第三件事是到了下一個禮拜五的黃昏，他特地比平常提早了一些些，和大家一樣，在五點準時下班。

他在社區前幾站的國中校門口下了公車，公事包和西裝外套分別掛在兩隻手上，幾個半大的國中女生笑著走過去，馬路邊還有幾個等公車的人，一隻土黃色的狗一邊畏懼著路人的臉色一邊快步通過他們腳邊，張胖踩著步子，踩在不少潮濕的選舉宣傳單上，然後鼓起勇氣，低著頭溜進校門口。

操場上有許多民眾在跑步健身，張胖找了一角地安放他的公事包和外套，然後從公事包裡拿出一包塑膠袋，脫下皮鞋，小心翼翼的拿出一雙黑白相間，上面打了勾的全新耐吉鞋，然後捲起襯衫衣袖和褲管，雖然他還是有些後悔自己為什麼不連運動衣都帶來，但是他對於今天的自己已經非常滿意了，我們真應該先想像一下他的模樣，肥肥的褲管稍微捲上來幾分，已經在公車上擠皺了的襯衫鬆鬆包在渾圓的身軀上。

他緩慢的走到操場邊緣，躊躇著如何跨開腳步，這時候一個滿頭銀髮的瘦巴巴老太太踏著羚羊般輕盈的腳步從他身旁經過，嘴裡還重複嚷著一個聽不清楚的句子，張胖的眼光才跟著她跑了一會兒，又有一個老太太鈍重的像頭獸一樣踩了過去，一邊咕嚕咕嚕的像隻老貓，張胖這才發覺有一群上了年紀的老太太們正在瘋狂的繞著操場跑步，還各自一邊跑一邊念個不停。

處在老太太們之間的張胖已經沒有退路，只有不得已地跟在她們後頭沒什麼勁兒的跑起來，跑不動時他就停下腳步喘一會兒氣再跑，不知道經過了多久的跑跑停停以後，老太太們終於停下腳步，互相道別，這時候他早已經汗流浹背了，跟著跑了那麼久，張胖覺得自己和老太太之間似乎出現了一些革命情感，所以當那個跑起來像隻羚羊的瘦老太太帶著鹿一樣的神態走過來對他說：「你應該要說話，一邊跑一邊說話」的時候，張胖也不覺得有任何疑問，拖著自己回到家裡，張胖洗過澡後沒吃飯就睡著了。

隔天午後他穿上新得令人有些難為情的運動服，打算走到那所國中去跑步，「我可以跑的……一定要堅持下去、一定要——但為什麼是跑步呢？不是別的？」張胖害羞的喃喃自語，但是他真的想不出別的來，他只有突然想到前幾天開會的時候老闆娘橫了他一眼，老闆娘就是老闆的老婆，她在公司裡作公關經理，張胖突然咕噥了一聲：「老闆娘現在和吳經理在床上。」

這句話就像是自己從他嘴裡溜出來似的，張胖奇怪地抬起頭來四處看看，只有賣紅豆餅的小販在小推車後面打呵欠，然而這句從他嘴裡頭偷偷擠出來的話卻馬上成了一個獨立的實體，就像鐵證如山一樣，因為它曾經出現了，它也就存在了，張胖搖搖頭，加快了腳步往前走，正好和老太太們撞個正著。

老太太群就出現在馬路的另一端，她們也在向學校走去，張胖還來不及打招呼，高矮胖瘦的老太太們就先嘁嘁喳喳地圍了上來，「ㄟ！今天我要說：『星期三下午不倒垃圾』。」一個肚子鼓鼓的老太太瞇著眼睛說，她瘦弱的胳臂上掛著鬆弛長斑的皮膚，「你呢？你要說什麼？」銀頭髮梳得非常整齊的瘦老太太走到他身邊問，張胖還沒來得及回答，其他人就紛紛嚷起來了，妳一言我一語的，一個笑瞇瞇的婆婆說：「就說『我今年五十歲』好啦！」「他又沒有五十歲！」有個似乎很喜歡抱怨的聲音這麼說，「他沒有五十歲！」吵吵鬧鬧的老太太們簇擁著張胖走向操場，有模有樣地作體操，然後跑步，張胖厚厚的臉頰因為運動燃起了紅光，每個老太太都像昨天那樣，嘴裡重複著自己選定的台詞，一面繞著操場慢跑。

「一定要說話，吐氣、吸氣，說一句想說的話就好了。」銀髮老太太跑過張胖身旁的時候，對他細聲說，說完又咕咕嚕嚕地超越他跑到前頭去了。

要說什麼呢？張胖氣喘吁吁地想著，覺得腦袋裡一片空白，這時突然有一串字句像是打了個嗝一樣，突然從張胖的嘴裡溜了出來，「老闆的老婆和別的男人在床上。」蹦出這句話以後他有一點難為情，但是怎麼說呢？這句話的結構讓張胖覺得很有意思，於是他又多念了一遍，然後是第二遍、第三遍，對嘛！其實也沒什好在意的，反正又沒有人會聽到，不知道是因為嘴裡忙著念念有詞的關係；或者是昨天練習的成果，這天張胖跑得很順暢，雖然還是有點吃力和笨拙，但起碼已經不用跑跑停停了。

不知不覺中，跑步成了張胖生活中的重心，在家也好在辦公室也好，他都牽掛著和老太太們一起跑步的事，跑步時他可以嚷著從內心深處冒上來的話，也可以不再擔心他人的目光，藏著這份祕密的快樂似乎使他的容貌改變了，處理事情時動作也變得很敏捷，平時總是生活在眾人陰影中的張胖搖身一變，自成一個發光體，許多同事都懷疑他是在戀愛，本來沒人在乎的張胖突然成為辦公室裡的焦點，平常被女同事評為「無聊」、「毫無感覺」的張胖開始引起她們的注目，時髦俏皮的阿光居然搞大了林小姐的肚子，未婚的女同事突然發覺張胖才是新好男人的典範，現在的張胖多可愛呀！他不但不再畏首畏尾，而且充滿活力，還帶著一股神祕感，好笑的是張胖的體重一丁點也沒有下降，但所有的人卻都一口咬定他是瘦了。

張胖對這些微妙的改變並沒有太多的感覺，唯一的差別只是他幾乎不再自言自語了，反正他想說的話都可以在跑步時說得一乾二淨，就拿今天來說吧，今天他想說的絕妙佳句就是：「股票跌破六千點！」所以他一下了班就直奔學校，他現在再也不留下來加班了，老闆不但沒有抱怨，反而派了一個助理給他用，張胖猜測那是因為剛開除了吳經理，老闆正需要做點好事來杜絕流言。

做完熱身運動，張胖痛快地跨開步伐向前奔跑，和三三兩兩的老太太們擦身而過，「股票、跌破、六千點！」張胖一邊直著喉嚨喊，一邊划動他的手臂，四周的景物嗡嗡地向兩邊撤退，張胖聽見自己低聲說：「對嘛！我就知道我可以跑步的，其實我也能飛。」

他微微地笑了一下表示對這句話寬容的反駁，但卻不經意地發現自己的後腳跟居然開始有些貼不著地了。

——寫於二〇〇〇～二〇〇一年

原載《中央副刊》二〇〇一年

【代後記】

寫作放我自由

將過去零散寫下的短篇小說集結在一起，我才發現下雨和失明是我重複使用的兩個意象。

這本集子裡最早的一篇是二〇〇〇年寫的，那兩年我常投稿，刊出後，也是一時開心，沒有保存好，之後也很少為自己寫作，以至於到了今天，能拿出來的小說不多，才十一個短篇，便橫跨了十五年。也許小說永遠是寫給未來，過去的小說我今天已經寫不出，十五年前的小說，便成了寫給自己的信。

二〇〇一年起至今，我寫了十幾年的電視劇劇本，電視劇的成立非常偶然渾沌，操控在許多未知中，只有劇本的部分必須制式、透明，每集劇本都得在工作團隊裡一再討論，才能動筆，寫完還要歷經許多檢討、修動，離原本面目越來越遠。多年來在這樣自主性低的業界當一個螺絲釘，令我更崇信創造的神祕。這當然是從一個極端奔往另一個極端，每天神祕（經）兮兮的不是辦法，再說，神祕與事實之間亦非必然相斥或相關。

數年前我讀了娜塔莉．高柏的《心靈寫作》，豁然明白，寫小說是我今生自我實現的辦法，這讓我很欣喜，但與實踐仍有很大距離，直到我的摯友（兼最佳讀者）詩人隱匿生病，我才突遭雷擊，知道自己非寫不可。在這時時的有限中，我必須直視我的心靈，而照見的辦法就是寫作。我很想說我的寫作一帆風順，人還長高變漂亮了，但實情遠非如此。我在寫作裡有苦也有樂，雖有心要寫，卻又時常逃避，但寫作畢竟是我替自己選的修行，我在寫作裡成為自己。

我無法解釋我的小說裡為何反覆出現下雨與失明，但我深知那些選擇必有因果，我慶幸自己曾寫下這些小說，創作就是實證，我拙於論理，而寫作放我自由。

——盧慧心寫於二〇一五年八月

九歌文庫 1200

安靜·肥滿

作者　盧慧心
責任編輯　羅珊珊
創辦人　蔡文甫
發行人　蔡澤玉
出版發行　九歌出版社有限公司
台北市105八德路3段12巷57弄40號
電話／02-25776564·傳真／02-25789205
郵政劃撥／0112295-1
九歌文學網　www.chiuko.com.tw
印刷　晨捷印製股份有限公司
法律顧問　龍躍天律師·蕭雄淋律師·董安丹律師
初版　2015（民國104）年9月
定價　280元

書號　F1200
ISBN　978-986-450-014-7
（缺頁、破損或裝訂錯誤，請寄回本公司更換）

本書榮獲 文化部 MINISTRY OF CULTURE 出版贊助

國家圖書館出版品預行編目資料

安靜・肥滿 / 盧慧心著. -- 初版. --
臺北市：九歌, 民104.09

面； 公分. -- (九歌文庫 ; 1200）

ISBN 978-986-450-014-7（平裝）

857.63 104015241